AF561554

UN CAS DE RUPTURE

TIRAGE A MILLE CINQUANTE EXEMPLAIRES

TOUS NUMÉROTÉS A LA PRESSE

1,000 Exemplaires sur vélin, numérotés de 1 à 1,000.

10 Exemplaires sur japon (avec compositions originales), numérotés de I à X.

40 Exemplaires sur japon avec doubles suites des gravures, numérotés de XI à L.

EXEMPLAIRE N° 627

ALEXANDRE DUMAS FILS

DE L'ACADÉMIE FRANÇAISE

UN CAS DE RUPTURE

Illustrations page à page

PAR EUGÈNE COURBOIN

PARIS

ANCIENNE MAISON QUANTIN

7, rue Saint-Benoît

1892

UN

CAS DE RUPTURE

FIGUREZ-VOUS, cher lecteur, que je suis en prison. Tranquillisez-vous, je ne vous demanderai pas de venir m'y voir. Cependant je suis en prison, véritablement : la maison a des murs noirs, les portes ont des verrous, les fenêtres ont des grilles, ou plutôt les grilles ont des fenêtres. Il y a un préau, il y a un parloir, il y a des sentinelles, il y a un drapeau, il y a des cellules, il y a même des prisonniers ; mais il n'y a ni l'humidité qui paralysait Latude, ce qui ne l'empêchait pas de se sauver, ni l'araignée qui consolait Pélisson, ce qui ne l'empêchait pas de s'ennuyer beaucoup.

Un cas de rupture.

Laissez-moi vous mettre au courant des faits ; mais vous avez peut-être déjà deviné.

Je suis de la garde nationale. Quand je dis que j'en suis, je me trompe, je devrais en être. Si j'en étais je ne serais pas où je suis. Mais il y a des circonstances atténuantes ; mon éducation a été complètement faussée à l'endroit de cette institution ; j'ai bu le lait de l'insubordination dans le shako de mon père, le plus mauvais garde national connu. Je soupçonne même ce shako de n'avoir jamais servi qu'à cela. Je dois dire que jusqu'au 29 du mois dernier, cette insubordination m'a parfaitement réussi. Ce n'est pas faute d'avoir reçu des billets de garde, j'en pourrais faire un album, si je les avais gardés ; ce n'est pas faute non plus d'avoir été cité devant le conseil de discipline, voire même d'y avoir été condamné ; mais tantôt une fuite intelligente, tantôt un déménagement heureux, tantôt la fête du roi, tantôt la naissance d'un prince (je parle du règne de Louis-Philippe) ; ou bien une constitution nouvelle, ou bien une émeute (je parle des années suivantes), enfin un événement quelconque me débarrassait toujours de mes condamnations.

Mais les temps sont bien changés ; je suis devenu un homme presque sérieux : je n'ai pas déménagé depuis trois ans ; et, depuis trois ans, j'ai reçu des billets de garde de toutes les couleurs.

J'ai bien eu pour moi le 2 décembre, la proclamation de l'empire, le mariage de l'empereur ; mais tout cela n'a qu'un temps, et je me suis trouvé un beau jour en face de trois refus de service !

Je ne savais même pas de quelle compagnie j'étais. J'ai imploré l'indulgence du tribunal, et le tribunal a été indulgent, trop indulgent ; car la seule raison que je faisais valoir était que je n'avais pas d'habit. Quelle mauvaise raison ! Enfin elle m'a réussi ; il n'y a rien à lui dire. J'ai été condamné à la simple réprimande, ce qui ne m'était pas arrivé depuis ma première année de collège.

Je me suis senti à la fois blessé dans ma dignité

par cette punition, et vaincu dans mon insubordination par cette clémence. Je me suis promis de réparer mes torts, de devenir un citoyen complet. Je me suis fait faire un habillement complet aussi, en drap superbe, un shako avec un aigle qui mange une cocarde, des buffleteries blanches comme la neige, et un briquet que, par parenthèse, je n'ai jamais pu tirer du fourreau ; je crois qu'il n'y a pas de lame : bref, le tout m'a coûté cent trente neuf francs.

Là-dessus, nouveau billet de garde; je ne dors pas, tant j'ai hâte de montrer mon zèle. A sept heures du matin, je me lève et je m'habille; mais, une fois habillé, le croirez-vous? je me suis trouvé tellement laid, tellement ridicule, tellement peu soldat, que je n'ai pas osé passer devant mon portier dans cet accoutrement. J'ai baissé la tête avec résignation, en me disant : « Dieu ne le veut pas, je ne serai jamais garde national, » et je me suis recouché, un peu consolé en voyant qu'il pleuvait à torrents. Vous comprenez que je n'ai pas eu

la pensée de faire valoir cette raison devant le conseil de discipline. J'ai tout bonnement accepté d'avance toutes les conséquences de ma rébellion, et, le 29 mai dernier, j'ai vu entrer chez moi le garde chargé de m'arrêter.

J'ai trouvé en lui un homme fort bien élevé, fort obligeant, qui m'a accordé le sursis de trois jours que je lui demandais, et qui m'a dit avoir eu l'honneur d'arrêter mon père, il y a quinze ans, pour la même cause. Nous causâmes de cette histoire, mon garde et moi; il daigna se la rappeler, et sourire de ce sourire qu'un souvenir de quinze ans fait voltiger au moins une minute sur les lèvres les plus inintelligentes; puis il tira de sa poche un papier qu'il me pria de signer, et par lequel je m'engageais sur l'honneur à me constituer prisonnier le 1er juin, avant huit heures du soir; je signai. A partir de ce moment, j'étais le Régulus de la garde nationale.

Donc, aujourd'hui, 1er juin, j'ai fait mon paquet, j'y ai mêlé des plumes, un canif et du papier, et, à sept heures un quart, je suis arrivé à la maison d'arrêt, maison bien aérée, bien placée entre le débarcadère d'Orléans et le Jardin des Plantes, et qui laisse aux prisonniers le spectacle de la liberté des autres, si c'est être libre que de n'être pas en prison.

Car tout le monde, mon pauvre lecteur, est le prisonnier de quelqu'un ou de quelque chose; nous avons tous au pied une chaîne invisible qui

nous retient au moment où nous comptons franchir la limite morale assignée à chaque individu.

Je regarde passer sous ma fenêtre tous ces gens qui se croient libres parce qu'ils ne sont pas derrière un mur sur lequel on a écrit : « Maison d'arrêt. »

Je les plains, ces braves gens. D'abord, s'ils étaient libres, ils ne sortiraient pas par la pluie qui tombe, ils resteraient chez eux.

Puis, en réalité, l'homme est né prisonnier.

Prisonnier dans le sein de sa mère, prisonnier dans ses langes, prisonnier au collège.

Dès qu'il atteint l'âge où la Loi, cette prison perpétuelle, lui dit : « Tu es libre, » il se hâte d'enfermer sa liberté dans ce qu'il peut trouver de plus étroit : il prend une maîtresse, il a des amis, il fait des affaires, il se marie.

Sa maîtresse, ses amis, ses correspondants, ses associés, ses enfants, ses rivaux, ses ennemis, ses flatteurs, ses domestiques, sa famille, ses habitudes, sa paresse, son travail, sa profession, son ambition, son indifférence, ses amours, ses douleurs, ses besoins, ses intérêts, sont autant de barreaux ajoutés à cette prison naturelle qu'on appelle la vie.

Plus il est civilisé, plus il s'emprisonne.

Il emprisonne son corps dans des habits, son cou dans une cravate, sa tête dans un chapeau, ses mains dans des gants, ses pieds dans des bottes.

Il veut voyager, rien ne l'embarrasse, rien ne le retient.

Vous croyez qu'il va partir librement, sa canne à la main, par les grandes routes, à pied ou à

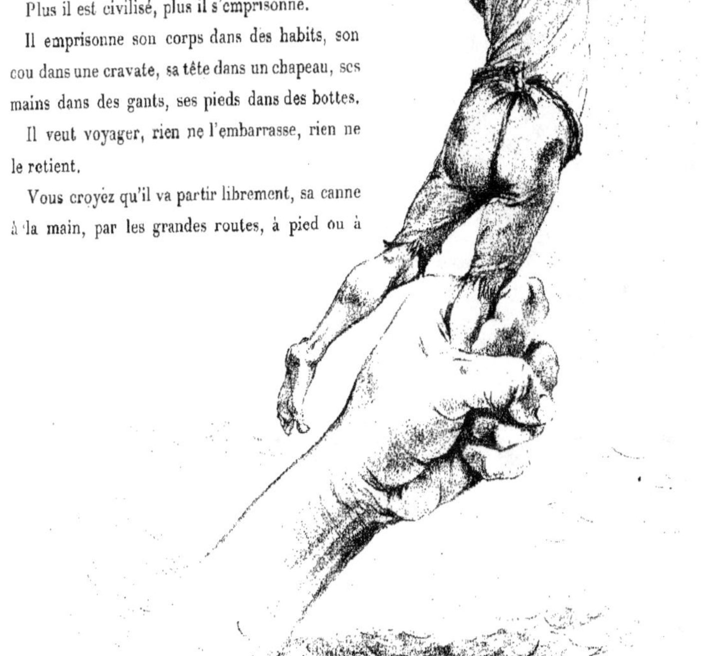

cheval, en plein air? Pas le moins du monde. Il s'emprisonne dans un wagon, il tâche d'avoir un coin pour être bien serré. Mais au moins il regarde la nature? Ah! bien, oui! il ferme la glace et il dort.

L'homme est fait pour la prison, je vous le répète. De temps en temps quelques fous lui parlent de liberté; il ne sait pas ce que c'est, il se soulève, il conquiert cette liberté. Le lendemain il ne sait plus qu'en faire et court la porter au premier venu en lui disant : « Débarrassez-nous vite de cette chose-là; nous vous donnerons pour votre peine tout ce que vous voudrez. »

Il a tellement peur qu'on ne lui rende un jour ce dépôt, qu'il a accepté d'avance pour maitres, avant qu'ils soient nés, fussent-ils idiots, fussent-ils cruels, fussent-ils bâtards, les enfants de celui qui veut bien se charger du fardeau qu'il lui porte et qui, lourd à la main de tous, l'est bien plus certainement à la main d'un seul, car de toutes les prisons, la plus effrayante est celle du pouvoir absolu.

Demandez à Charles-Quint, qui se faisait enfermer dans une bière et qui s'y trouvait plus à son aise que sur le trône.

Demandez à Louis XVI, qui se disait plus libre au Temple qu'aux Tuileries.

Demandez au grand Frédéric, qui mourut en déclarant qu'il était las de régner sur des esclaves.

Donc bénissons éternellement ces hommes, ces héros, ces rois, qui, pouvant être des prisonniers ordinaires, se font prisonniers exceptionnels; qui sont gardés à vue par une armée de soldats, de ministres, de courtisans, de valets; qui ne peuvent ni se coucher, ni dormir, ni se lever, ni manger, ni boire, ni entrer, ni sortir, ni pleurer, ni rire, ni aimer, ni haïr, sans être surveillés, épiés, discutés, raillés; qui ne peuvent même pas mourir, car à peine la mort les a-t-elle pris par une main et couchés dans leur tombeau, que l'histoire les prend par l'autre main, les relève et leur dit : « A nous deux, maintenant. »

O mon Dieu ! faites de moi tout ce que vous voudrez, excepté un roi absolu.

Ainsi, et bien décidément, tout est prison dans le monde, en haut comme en bas.

Que l'homme soit emprisonné dans les neuf mille lieues qui forment la circonférence du monde, ou dans les quarante pieds carrés de sa chambre, peu importe.

Si son désir le pousse au delà du détroit de Béringhen et qu'il ne puisse pas y aller, son chagrin est aussi grand que s'il a envie de descendre dans le jardin qui est sous sa fenêtre et que cela lui soit impossible. Seulement, dans le premier cas, il lui faut plus de courage et plus de peine pour revenir au point de départ qu'il ne lui en faut dans le second.

Eh bien, prison pour prison, mieux vaut la prison de pierre de taille, de barreaux et de verrous où la loi nous met, que les mille prisons morales où nous nous mettons nous-mêmes.

Je ne parle, bien entendu, que des prisons où

nous entrons et d'où nous sortons avec notre conscience et notre honneur.

Au contraire de Dante, qui lisait sur la porte de l'enfer : « Ici finit toute espérance, » il me semble lire sur la porte de ces prisons-là : « Ici commence toute liberté ! »

En effet, une fois entré, voyez comme la position se simplifie. On n'est plus un père, un fils, un époux, un amant, un ami, un homme, on est un numéro.

On laisse derrière soi toutes les nécessités de la vie commune.

Ceux dont vous devenez le compagnon vous voient entrer avec joie, ceux qui vous ont accompagné jusqu'à la porte vous voient entrer avec peine. Aux uns vous apportez une distraction ; aux autres vous causez un regret.

Quel homme, dans la vie ordinaire, peut se vanter de faire ainsi coup double sur les sensations d'autrui, en franchissant tout bonnement une porte ?

En dehors, les visiteurs ennuyeux, les lettres d'affaires, les demandes de billets de spectacle, l'indécision sur l'emploi du temps, la crainte qu'il ne pleuve, les dépenses inutiles, les nécessités de visites, les entraînements dangereux, l'envie de ne rien faire, les discussions politiques et les journaux.

En dedans, peu importe le temps qu'il fait, on est sûr de ne pas sortir. On trouve la solitude, la liberté, la nécessité du travail, le droit de boire, de manger à bon marché, de dormir à son aise, de ne recevoir personne et de voir passer tout le monde.

Que de gens se rendent au chemin de fer qui me fait vis-à-vis pour aller bien loin, et qui voudraient être à ma place! Combien, parmi les voyageurs rapides, ont la conscience moins libre que moi, et cependant moi, je suis enfermé, et, parmi les mille personnes que j'ai déjà vues passer, pas une n'a levé les yeux vers ma fenêtre, pas un regard ne m'a dit de loin : Pauvre prisonnier!

Vous le voyez, les hommes trouvent tout naturel qu'on soit en prison.

Mais, me direz-vous, nous savons bien ce que c'est que la prison de la garde nationale, c'est une plaisanterie, et l'on serait bien bon de s'apitoyer sur votre sort.

Comment ! une plaisanterie ! Vous êtes dans l'erreur. Je ne connais pas de prison plus prison que celle-ci. C'est la seule d'où l'on ne puisse pas se sauver, d'abord parce qu'on est libre avant d'avoir eu l'idée de l'évasion, ensuite parce que c'est impossible.

Il n'y a que deux moyens pour se sauver d'une prison : l'argent, moyen employé par M. de Beaufort ; la ruse, moyen employé par Latude.

Eh bien, supposons que je veuille corrompre mon geôlier, et que je lui offre une forte somme pour qu'il aide à ma fuite ; je n'aurai même pas la consolation d'être dénoncé au directeur, le brave homme rira tellement de ma proposition, qu'il ne me restera plus qu'à en rire comme lui.

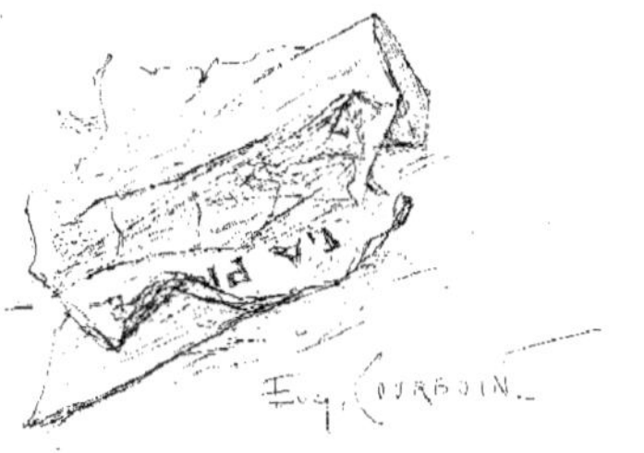

Un garde national condamné à quarante-huit heures de prison et proposant sérieusement à son geôlier de le laisser évader, il y aurait là, en effet, de quoi désopiler toutes les rates du voisinage.

Reconnaissant l'inutilité de ce moyen, supposons maintenant que je scie un de mes barreaux, ce qui ne serait pas bien difficile; je les crois en carton; que j'attache mes draps aux barreaux restants et que je tente de m'évader, la sentinelle ne me ferait pas même la politesse de tirer sur moi; elle n'a rien dans son fusil; elle se contenterait de me crier :

« Voyons, mon cher monsieur, pas de bêtises, vous allez vous faire du mal; rentrez donc chez vous. »

On me ferait payer les dégâts et tout serait dit. Je suis donc un prisonnier véritable, sans être un prisonnier sérieux. C'est humiliant.

Alors pourquoi me mettre en prison ? Pour me punir.

Voilà justement où le conseil de discipline se trompe. Qu'un commerçant, un homme d'affaires, un boutiquier, un mari jaloux, un homme soumis au travail quotidien d'un métier ou d'une passion, ait peur d'aller passer en prison deux ou trois jours, pendant lesquels il laisserait aller toutes seules ses affaires, sa femme, sa boutique,

sa maîtresse, êtres et choses qui ont besoin de sa direction et de sa surveillance, je comprends cela. Mais à nous, écrivains, artistes, que font deux ou trois jours de prison? Cela nous distrait, nous occupe, nous profite, nous repose.

Entre la faction stupide, le costume ridicule, les cartes grasses, les conversations banales, les odeurs nauséabondes, les plaisanteries grossières du poste, et une bonne chambre bien propre, avec une belle vue, un bon lit, une bonne table, une bonne chaise, une bonne nourriture, une bonne petite physionomie de prison qui fait tout ce qu'elle peut pour avoir l'air méchant, de bons verrous qui ne grincent pas, et de bons geôliers qui ont l'air de garçons de bureau, qui vous répondent dès que vous les appelez, qui font faire vos commissions, qui sont là moins pour vous garder que pour vous servir, un être doué de quelque sens doit-il hésiter une seule minute?

Aussi les êtres doués de sens n'hésitent pas.

C'est chose si connue dans cette prison, qu'il y a la chambre spéciale des artistes! Un véritable artiste se croirait déshonoré s'il n'avait pas inscrit son nom sur le mur de cette salle, où les détenus seuls sont admis.

Je viens de la visiter, car on ne la donne plus à personne, dans la crainte que l'on ne détériore les dessins, les inscriptions, les vers, les mélodies, dont les murs sont littéralement couverts, sans préjudice des dessins particuliers, des épigrammes, et des chansons qui ornent les autres cellules.

On se ferait mettre ici rien que pour voir le musée indestructible, qui ne peut disparaître

qu'avec la maison même et qui fait l'orgueil des gardiens.

Ici, le portrait d'un ours, par Decamp ; — là, le portrait du portier, par Couture ; — des dessins de Déveria ; — des aquarelles de Ciceri ; — des charges de Daumier ; — des croquis de Nanteuil ; — des caricatures d'Andrieux ; — des pochades de tout le monde. Des chevaux, des potences, des clairs de lune, des vaisseaux, des arbres, des paysages, des fleurs, des pipes, et cela, en haut, en bas, à droite, à gauche, dans tous les coins. Du reste, on dirait que les murs ont été faits exprès pour recevoir des images. Ils sont d'un ton très heureux : ils prêtent du gras au crayon, de la vérité aux clairs, de la vigueur aux ombres, du modelé aux formes, de la fermeté aux couleurs, de la netteté aux lignes. J'ai dans ma chambre une étude de tête de femme de Lévesque qui serait un adorable portrait.

Enfin, au milieu de tous ces tableaux, aux encadrements bizarres, aux légendes burlesques, on

trouve des vers de nos noms les plus connus, et entre autre ce quatrain sans signature, que je vous recommande :

Oui, voilà des dessins charmants, originaux,
Que pourrait envier une maison royale ;
Qui te feraient honneur, garde nationale,
Si leurs auteurs étaient gardes nationaux.

Le but que se propose la loi disciplinaire de la garde nationale est donc complètement manqué en ce qui nous concerne.

Quel artiste n'est resté huit jours, quinze jours, un mois, sans sortir de sa chambre, en face de son œuvre, sans préoccupation des choses extérieures, sa porte close à toute visite, mangeant sur le coin de sa table, sans autre distraction que son tabac, sans autre repos que la contemplation de ce qu'il faisait ?

Que lui importe donc une incarcération dont il a l'habitude et qui est la première condition de sa vie ?

Quel esprit un peu sérieux ne sera enchanté de deux jours de solitude, de méditations et de recueillement, pendant lesquels il continuera le travail commencé, ou jettera d'une main plus sûre les bases d'un travail nouveau !

Pour ma part, voilà vingt quatre heures que je suis ici, car, tout en causant avec vous, le temps s'est écoulé, j'ai écrit ce que vous venez de lire, j'ai lu, j'ai dormi, j'ai mangé quatre fois avec un grand appétit, ce qui prouve que l'exercice n'est pas indispensable à l'estomac, et je n'ai même pas accepté d'aller me promener aux heures de récréation. Je ne donnerais pas deux sous pour être dehors; et quand demain on viendra me dire que je puis m'en aller, je donnerais peut-être vingt francs pour rester encore, surtout si je n'ai pas terminé cette nouvelle.

Et remarquez que je n'ai demandé à personne de venir me voir.

A quoi bon déranger ses amis? A quoi bon se déranger soi-même pour si peu de chose? Je vous assure que l'homme peut parfaitement vivre un très long temps dans la position où je me trouve; le spectacle du mouvement des autres lui suffit.

Avec de l'encre et avec du papier, c'est-à-dire de quoi animer tout autour de ma table le petit monde que j'ai dans la tête; avec la double promenade d'une heure accordée chaque jour aux détenus, c'est-à-dire avec la quantité d'air respiré librement nécessaire pour alimenter les poumons jusqu'au lendemain; avec la conversation périodique du gardien, aux heures des repas, c'est-à-dire avec ce qu'il faut de la voix de l'homme pour utiliser ses oreilles et sa parole; avec des cigares et des livres, je passerais bien un mois ici, sans demander autre chose, sinon que le directeur de l'établissement me permît de garder toute la nuit ma lumière, qu'il me fait reprendre à dix heures, ce qu'il autoriserait bien certainement, quand il saurait que je ne m'endors pas comme une brute, au risque de mettre le feu, sans éteindre ma lampe ou ma bougie.

Un mois ici!... Et l'amour, que deviendrait-il pendant cet isolement?

Qui est-ce qui parle encore de l'amour? Qui est-ce qui croit encore à cette légende? Qui est-ce qui s'en occupe? Existe-t-il seulement? Nous avons changé tout cela.

Il est reconnu maintenant que, dans l'état de nature, l'amour n'est qu'un besoin stupide de nos sens; dans l'état de société, qu'une excitation factice de notre imagination.

L'amour est complètement inutile à l'homme; plus on s'éloigne de lui, plus on se rapproche de la vérité.

L'amour n'est que le moyen de la perpétuité humaine; nous en avons fait une passion par politesse pour ces dames, et ces dames en ont fait tout ce qu'elles ont pu en faire.

Pour qu'une chose soit vraie, il faut qu'elle soit pure : le talent, la vertu, la foi, l'honneur, la gloire ne se vendent pas, l'amour se vend.

Des créatures belles comme des statues an-

tiques vous le proposent effrontément à tous les coins de rue.

Il ouvre sa boutique au milieu de la civilisation, comme un commerçant patenté; seulement, il ne la ferme jamais.

On le vend, on le loue, on l'échange.

Il faut avoir raison une bonne fois de ce petit dieu malin, que les peintres nous représentent avec un corps gelée de groseille, des cheveux chiendent, et dont les flèches de carton s'émoussent depuis des siècles sur les corsets des femmes et sur les bretelles des hommes.

Voyons, où es-tu, amour vrai, rêve de notre jeunesse, tradition de nos pères?

Nous te connaissons, nous t'avons retourné, nous avons secoué ton vieux carquois, il n'y avait rien dedans.

Nous avons levé ton vieux bandeau, il n'y avait rien dessous.

Nous t'avons flanqué le fouet, et nous t'avons renvoyé à ta mère Vénus.

Amant de Psyché, précepteur de Daphnis, hôte des forêts, ami des dieux, enfant éternel, où diable es-tu?

Nos pères t'ont chanté : ils se moquaient de toi, nos pères! Ils ne pensaient pas un mot de ce qu'ils disaient : ils jouaient à l'amour avec des pièces fausses; ils trichaient au sentiment.

Es-tu toujours aux champs où M. de Florian t'a mis? Nous n'en voulons plus de l'amour des champs.

Des fausses bergères du dix-huitième siècle nous avons fait des paravents, des médaillons et des dessus de portes. Les vraies bergères, nous les connaissons; elles ont les cheveux en broussailles, les pieds sales, elles sont bêtes et sentent mauvais.

Es-tu dans le grenier où Béranger logeait Lisette, entre un lit de bois peint et un pot de réséda?

Allons donc! qu'est-ce que tu y ferais? Il y a longtemps que Lisette a jeté son pot de réséda aux ordures et donné son lit à son portier.

Il n'y a plus de Lisette, il n'y a plus de grenier où l'on soit bien à vingt ans; il n'y a plus de réséda.

Lisette demeure au premier étage; elle achète ses meubles chez Monbro, elle prend ses fleurs chez Barjon, elle a une voiture et un groom qui porte des lettres sans orthographe à des messieurs sans esprit.

Es-tu dans le mariage, cet institut de l'amour? Non, je vois bien un notaire qui a écrit au premier étage de sa maison : « L'étude est audessus », qui a écrit sur sa porte : « Tournez le bouton, S. V. P. », qui a une cravate blanche à six heures du matin, qui prend deux intérêts, qui les réunit dans un contrat, qui les envoie à la mairie et à l'église; mais toi, je ne te vois pas dans tout ce tripotage.

Notre philosophie t'a pincé dans un raisonnement, t'a ouvert, et nous savons tous ce que tu es et ce que tu vaux.

A vingt ans, tu es un besoin;

A trente ans, un plaisir ;

A quarante ans, une habitude ;

A cinquante ans, un regret ;

A soixante ans, une impolitesse.

Entre petits cousins et petites cousines, on t'appelle maintenant immoralité ;

Entre Lisette et Lindor, dévergondage ;

Entre femme mariée et garçon, adultère ;

Entre époux, ridicule.

L'opinion te flagelle, la loi te poursuit, le commissaire t'arrête.

Tu te réfugies dans le marbre de quelques statuaires, dans les couleurs de quelques peintres, dans le sucre des confiseurs, dans les devises des mirlitons.

Il n'est plus un livre sérieux qui veuille de toi ; va geindre dans les romances, et fiche-nous la paix.

Comment ! nous ne croyons plus à nos traditions monarchiques, nous ne croyons plus à la liberté, nous croyons à peine en Dieu, et nous croirions encore en toi !

Allons donc ! ce serait trop fort.

Tu n'étais qu'une illusion, meurs comme toutes les autres : une illusion de moins, c'est une vérité de plus.

Nous sommes dans le vrai ; des forêts que les poètes et les romanciers avaient peuplées tour à tour de dieux et de déesses, de faunes et de nymphes, de bergers et de bergères, de grisettes et de commis, nous avons fait du bois pour nous chauffer, des promenades publiques et des tracés de chemins de fer.

Aujourd'hui tout le monde sait faire l'amour, comme tout le monde sait jouer du piano, monter à cheval, aller en ballon ; cela fait partie de l'éducation.

A peine avons-nous seize ans, que le réalisme nous montre le dessous des chimères d'autrefois.

Le monde a changé son cœur contre une bibliothèque. Nos impressions sont reliées et numérotées avant que nous les ressentions.

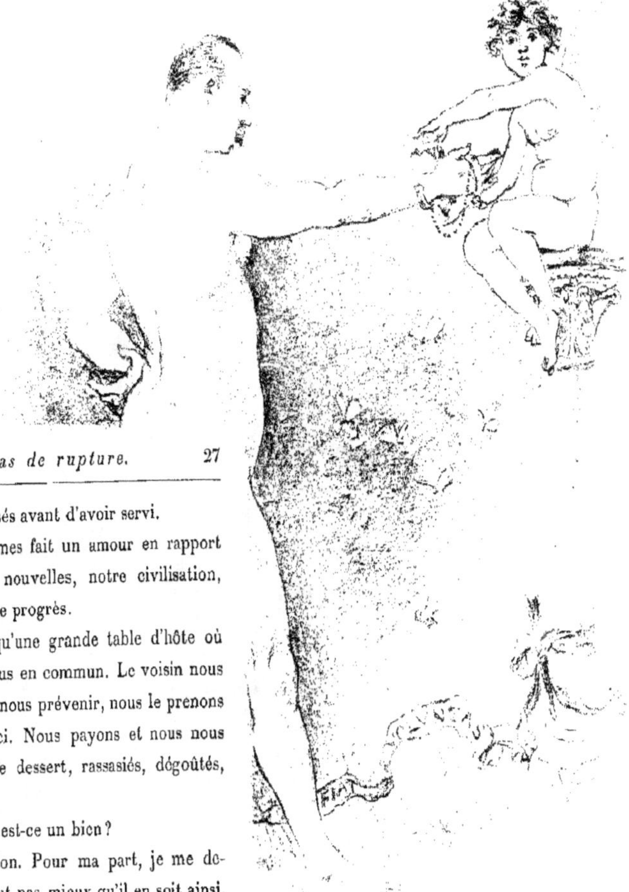

Nous sommes usés avant d'avoir servi.

Nous nous sommes fait un amour en rapport avec nos mœurs nouvelles, notre civilisation, qu'on appelle notre progrès.

Ce n'est plus qu'une grande table d'hôte où nous mangeons tous en commun. Le voisin nous passe le plat sans nous prévenir, nous le prenons sans lui dire merci. Nous payons et nous nous en allons avant le dessert, rassasiés, dégoûtés, écœurés.

Est-ce un mal? est-ce un bien?

Voilà la question. Pour ma part, je me demande s'il ne vaut pas mieux qu'il en soit ainsi. Parmi tous les malheurs auxquels l'homme est exposé, celui d'aimer et d'être aimé véritablement m'a toujours paru être un des plus redoutables.

Avez-vous quelquefois songé à l'effroyable condition de l'homme aimant et aimé véritablement, qui se laisse convaincre par la voix d'une femme, qui met son bonheur là où il y a le plus de chances pour qu'on le prenne et qui abdique toute personnalité pour se faire le très humble serviteur de toutes les exigences d'un amour sincère ?

Si vous avez entendu un homme vous dire qu'il était aimé, vous l'avez regardé comme un fat ; s'il le croyait, vous l'avez regardé comme un sot ; si c'était vrai, avouez-le, vous l'avez plaint.

L'amour le plus sincère n'a jamais été que l'ombre du bonheur, comme le plaisir n'est que l'ombre de l'amour.

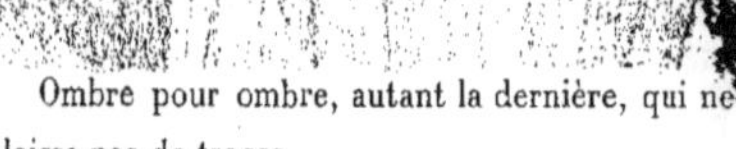

Ombre pour ombre, autant la dernière, qui ne laisse pas de traces.

Mais l'homme supérieur ne laisse même pas la plus petite de ces deux ombres se profiler un seul instant sur sa voie lumineuse. Il ne considère plus l'amour, quelque sens qu'on donne au mot, que comme un dérivatif inutile des forces qu'il a besoin de concentrer sur l'enfantement d'une pensée unique.

Semblable à la vraie foi, la vraie science répugne

au commerce matériel des sens; elle ne le soupçonne même pas. Newton est mort vierge à quatre-vingt-cinq ans. Sans être Newton, tout individu qui entre en lutte avec un travail quelconque et qui veut faire produire à son esprit une œuvre difficile, sent peu à peu se refroidir, s'éteindre, s'annihiler les ardeurs imaginaires de sa fragile organisation : il sent courir en lui la sève vigoureuse et féconde que le repos des sens alimente. Son œuvre, à laquelle tout son individu concourt,

se moule solidement dans son cerveau, dégagé de toute sensation matérielle; il ne veut plus vivre que par la pensée, et il s'aperçoit enfin que ce qu'on nomme l'amour n'est, chez l'homme que Dieu a doté de l'intelligence, qu'une distraction dangereuse et sans aucune nécessité d'ailleurs. Il est, dans la vie, le but de ceux qui ne savent pas où ils vont.

C'est ce qui explique pourquoi presque tous les grands hommes ont été trompés par leurs femmes ou leurs maîtresses, car la femme a l'orgueil de vouloir être toujours au premier plan dans la vie de son mari ou de son amant, et quand ils l'en écartent, elle se venge.

Vous comprenez qu'avec de pareilles théories je ne suis pas un homme à redouter deux jours de solitude. Je me suis condamné souvent à plus que cela. Je resterais donc bien volontiers un mois dans cette prison, sans demander à la charmante personne qui m'a écrit ce matin qu'elle s'ennuyait fort de ne pas me voir, de venir m'y visiter une seule fois.

D'ailleurs, un peu de prison fait bien dans la vie, je vous assure.

Ne faut-il pas connaître tout ?

Le style y gagne cette teinte calme et harmonieuse qui tombe sur le papier avec l'ombre massive des murs gris de la cellule.

A force d'imagination, j'arriverais par moments, si je restais quelque temps ici, à prendre ma captivité au sérieux, et une sorte de mélancolie monacale s'infiltrerait peu à peu dans ma production.

Ce ne serait pas à dédaigner, une fois par hasard.

De quoi vivons-nous?

De ce que nous voyons et ressentons.

Le cerveau de l'écrivain n'est que l'estomac de sa pensée. Il se nourrit de ce qu'il perçoit, le décompose et le répartit généreusement, sous une autre forme, dans toute l'économie du corps social. Notre esprit, cependant, n'a pas besoin des réalités précises, l'habitude d'analyser les complète ; l'ombre d'une prison, fût-elle la prison de la garde nationale, nous suffit, à l'aide d'un certain travail d'assimilation, pour que nous puissions peindre les tristesses de toutes les captivités.

Voulez-vous que je vous fasse venir les larmes aux yeux ?

Je vais doubler les barreaux de ma fenêtre, substituer au petit mur qui me laisse voir la rue un mur de cinquante pieds, rétrécir ma cellule, remplacer mon lit par une paillasse, mon parquet

par une terre humide, ma solitude volontaire par un arrêt forcé. Je vais vous dire le nom du prisonnier, vous y reconnaîtrez un ami que vous ne reverrez peut-être jamais ; et, au lieu de rire de mon sort, vous pleurerez sur le sien.

Ai-je besoin même de ces couleurs sombres pour vous émouvoir ?

La prison est-elle toujours entre quatre murs étroits ? Des centaines de lieues diaprées de soleil, de verdure et de fleurs, ne sont-elles pas, loin de la patrie aimée, le plus douloureux cachot où l'homme puisse languir ? Faut-il vous nommer maintenant ceux à qui ce souvenir s'adresse, qui pensent à nous souvent, et que nous oublions trop ?

Mais pourquoi aller si loin ? Il y a dans la cellule à côté de la mienne un pauvre monsieur qui prend sa situation au tragique.

Il est ici pour quarante-huit heures, il se plaint de l'injustice de son capitaine, il jure de se venger de son sergent-major. Depuis midi qu'il est

arrivé, il n'a pas voulu manger, il n'a pas voulu descendre, il n'a pas voulu qu'on fît son lit. Il s'est enveloppé tout habillé dans sa couverture, il a refusé les draps qu'on lui apportait, en disant qu'il ne veut rien accepter d'un gouvernement arbitraire, qui abuse de sa force. Il va peut-être se laisser mourir de faim.

J'ai fait cette observation au gardien, qui m'a répondu assez judicieusement que cela ne se pouvait pas, puisqu'il n'a que deux jours à passer avec nous.

En attendant, le pauvre homme est très malheureux. On l'a arrêté hors de chez lui. Il n'a pas pu prévenir sa femme, elle va être inquiète, il l'adore. Il n'a jamais passé une soirée loin d'elle. C'est pour ne pas la quitter un instant qu'il n'a pas monté la garde.

Cette bonne idée ne lui a pas réussi, comme on voit.

Sa femme a vingt-quatre ans, elle est blonde, elle est de Joigny; il l'a épousée par amour, il a

d'elle une petite fille charmante, avec laquelle il joue une heure tous les soirs, et qui doit pleurer en ne voyant pas son père.

Il tient une laiterie du côté de la barrière d'Enfer.

Il avait pourtant trouvé une excellente combinaison pour esquiver la garde nationale : il avait pris une chambre dans le quartier Saint-Denis, si bien que, quand il recevait un billet de garde, il répondait en montrant celui qu'il avait reçu barrière de l'Étoile, et *vice versa*.

C'était très malin, mais on a découvert la supercherie, et le voilà en prison, condamné dans les deux quartiers! Il a conté tout cela au guichetier, qui vient de me le conter à son tour, quand je lui ai demandé ce que c'était que ce voisin qui faisait tant de bruit.

Car il est bon de vous dire qu'en arrivant dans sa cellule il a commencé par se promener à grands pas, par faire des monologues à haute voix, par casser sa pipe, par frapper à plusieurs reprises de

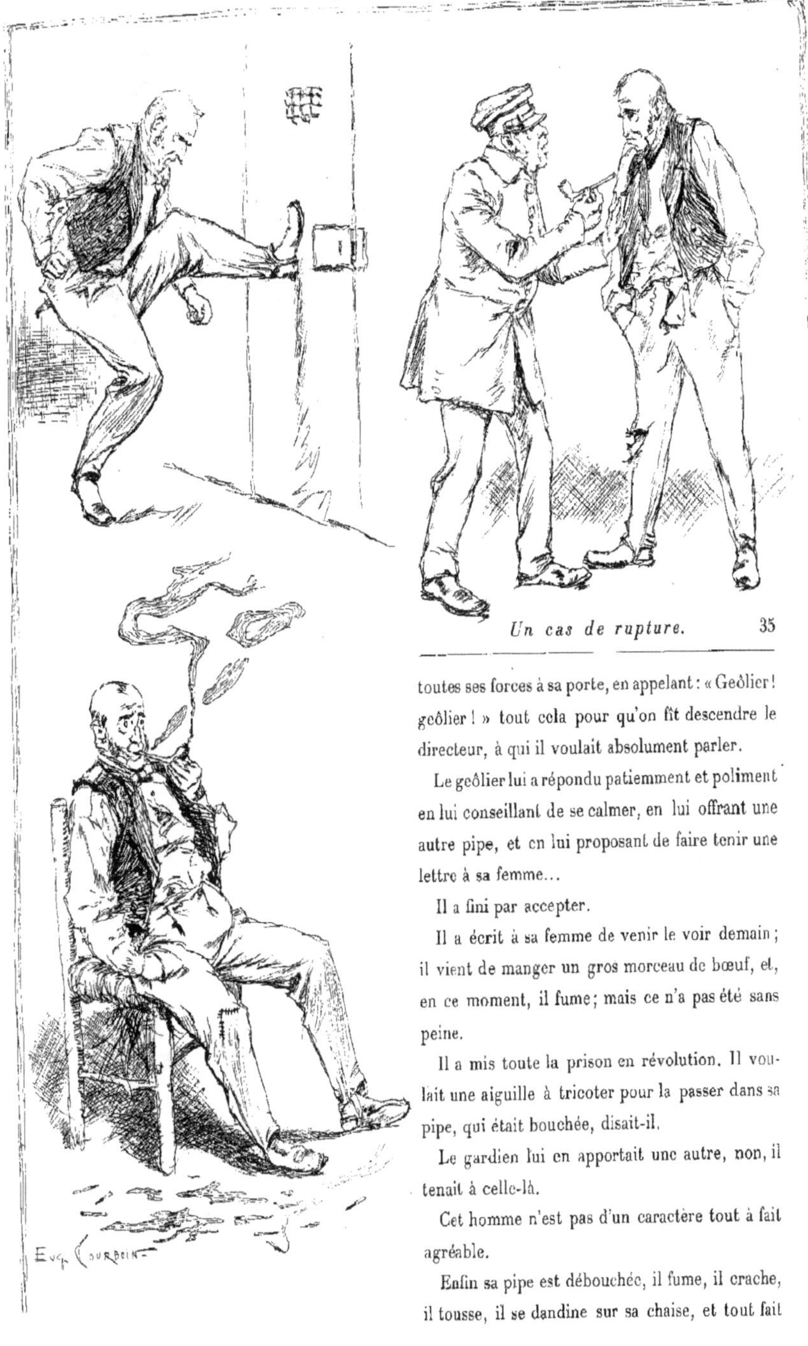

toutes ses forces à sa porte, en appelant : « Geôlier ! geôlier ! » tout cela pour qu'on fît descendre le directeur, à qui il voulait absolument parler.

Le geôlier lui a répondu patiemment et poliment en lui conseillant de se calmer, en lui offrant une autre pipe, et en lui proposant de faire tenir une lettre à sa femme...

Il a fini par accepter.

Il a écrit à sa femme de venir le voir demain ; il vient de manger un gros morceau de bœuf, et, en ce moment, il fume ; mais ce n'a pas été sans peine.

Il a mis toute la prison en révolution. Il voulait une aiguille à tricoter pour la passer dans sa pipe, qui était bouchée, disait-il.

Le gardien lui en apportait une autre, non, il tenait à celle-là.

Cet homme n'est pas d'un caractère tout à fait agréable.

Enfin sa pipe est débouchée, il fume, il crache, il tousse, il se dandine sur sa chaise, et tout fait

espérer qu'il acceptera les draps du gouvernement.

Quant à moi, qui suis d'un tempérament tout à fait différent de celui de mon voisin, je viens de dîner d'un appétit féroce, avec un bouillon exquis, gras, doré, miroitant comme un lac de Suisse au coucher du soleil; deux côtelettes d'un mouton qui, s'il était aussi tendre de son vivant que depuis sa mort, devait être un petit animal de relations bien agréables; un pigeon aux petits pois, rôti, rutilant à l'œil dans son plat de faïence, comme une ébauche de Rembrandt dans le milieu d'une toile; une bouteille de mâcon de trente sous, et, par-dessus, une tasse de café brûlant comme l'été, noir comme le diable, et sucré comme un prétendant.

Me trouvez-vous bien à plaindre?

Maintenant je fume un cigare sec comme un pendu, en regardant à travers mes barreaux passer les omnibus tapageurs, et en préparant dans ma tête la nouvelle que je vous dois, et à

laquelle il faut bien que j'arrive après toutes ces divagations et tous ces paradoxes.

Allons-y tout de suite et bravement.

Je n'ai pas de temps à perdre; adieu, cher lecteur, ou plutôt au revoir.

Nous sommes rue d'Anjou-Saint-Honoré, au premier étage, dans le salon d'un grand hôtel à haute porte cochère verte, dont les poignées de cuivre brillent à la lueur de deux becs de gaz qui éclairent la façade de cette maison, maison aristocratique, avec cour pavée, écurie et remise à droite, concierge à gauche, perron de pierre, fenêtres à glaces, persiennes repliées, jardin derrière.

Dans un des angles de cette chambre, un piano ouvert; çà et là des malles et de larges coffres, attendant des robes, des châles, des chiffons de toute sorte, déposés sur les chaises et les fauteuils, enfin partout le désordre opulent qui précède le départ d'une jeune femme. En entrant

dans cette chambre, on la croirait déserte, mais il n'y a pas de danger qu'on entre; ordre a été donné de ne recevoir personne, et, d'ailleurs, il est une heure du matin.

Nous disons donc qu'au premier aspect on la croirait déserte; en effet, les deux personnes qui s'y trouvent y restent dans une immobilité complète et n'échangent pas une parole. Leur silence et leur attitude peuvent, il est vrai, passer pour tout un poème.

Sur un large et long divan, au bout duquel les coussins amoncelés et adossés au mur forment oreiller, une femme est étendue dans la pose rêveuse qui ressemble le plus au sommeil. Cette femme, on la prendrait pour une jeune fille, grâce à la limpidité de ses yeux, à la blancheur rosée de son teint, au charme de son sourire, à la netteté de son front, à l'élégance svelte de sa taille, qui se devine sous le peignoir blanc dont elle est vêtue, lequel, s'entr'ouvrant un peu par en haut, trahit, entre ses dentelles souples et légèrement froissées, les broderies de la chemise et la naissance d'une poitrine mignonne, aux veines nacrées, qu'abaisse et soulève mollement une respiration douce et harmonieuse. De grands cheveux blonds entourent la toute petite tête de cette belle personne. Un peigne d'écaille retient à peine cette riche chevelure, que bien certainement la main de cette femme a, deux ou trois fois dans la soirée, ramassée au hasard, sans le secours du miroir; l'irrégularité des bandeaux et des mèches récalcitrantes sied, on ne peut mieux, à cette adorable physionomie.

Il est bon de vous dire que cette femme est une Anglaise de la race la plus pure. Je vous en préviens tout de suite, parce que vous en douteriez peut-être en regardant ses petits pieds. Les Anglaises ont de ce côté une assez pauvre réputation chez nous; celle-ci fait mentir la tradition. Est-ce par coquetterie qu'elle montre ses pieds dans la pose où elle est? Non, la personne qui se trouve auprès d'elle les connaît mieux qu'elle-même. Elle ne les montre donc pas, elle les laisse voir sans savoir

même qu'on les voit. En ce moment la belle lady songe à toute autre chose ; mais nous, qui la voyons pour la première fois et n'avons pas les mêmes raisons de rêveries, profitons de tous les détails que sa préoccupation met sous nos yeux.

Or, un des plus remarquables est le petit pied, pour moi du moins, qui regarde le véritable joli pied comme à peu près introuvable. Les Françaises cependant passent pour n'avoir pas de rivales sous ce rapport. C'est vrai ; dans aucun pays du monde, les femmes ne savent se chausser comme en France : la bottine de cuir boutonnée sur le côté, et dont le petit talon, en faisant légèrement sonner le pas de la femme, donne à la marche une crânerie pleine de promesses, est certainement, en matière de coquetterie, une des plus heureuses inventions qu'il y ait. Mais un pied, même petit, même bien fait, enfermé dans une de ces bottines, est-il sans discussion un joli pied ?

Non. Un petit pied bien chaussé est déjà chose rare, mais cela ne suffit pas.

Voyons, madame, vous avez été vous promener; tout le monde s'est retourné pour voir vos petons vernis, trottinant comme des oiseaux qui ne volent pas encore, vous voilà rentrée, ôtez vos bottines, tirez votre bas et montrez-moi votre pied nu. Vous refusez? pourquoi? Vous êtes fatiguée, dites-vous; c'est tout ce que je voulais savoir. Vous avez un vilain pied, madame, les plis de votre bottine les ont rougis, le talon est dur, les doigts sont serrés les uns contre les autres, vous avez un cor peut-être!...

Gardez votre bottine, c'est moi qui vous en supplie maintenant. Avouez-moi que vous avez eu dix amants, mais ne m'avouez jamais que vous avez un cor.

Savez-vous ce que c'est qu'un joli pied? C'est un pied qu'à toute heure du jour l'homme qui vous aime peut prendre dans ses mains, déchausser, baiser, sans que vous fassiez le moindre mouvement pour l'en empêcher; c'est un pied étroit, souple et frais, dont les doigts s'écartent et jouent

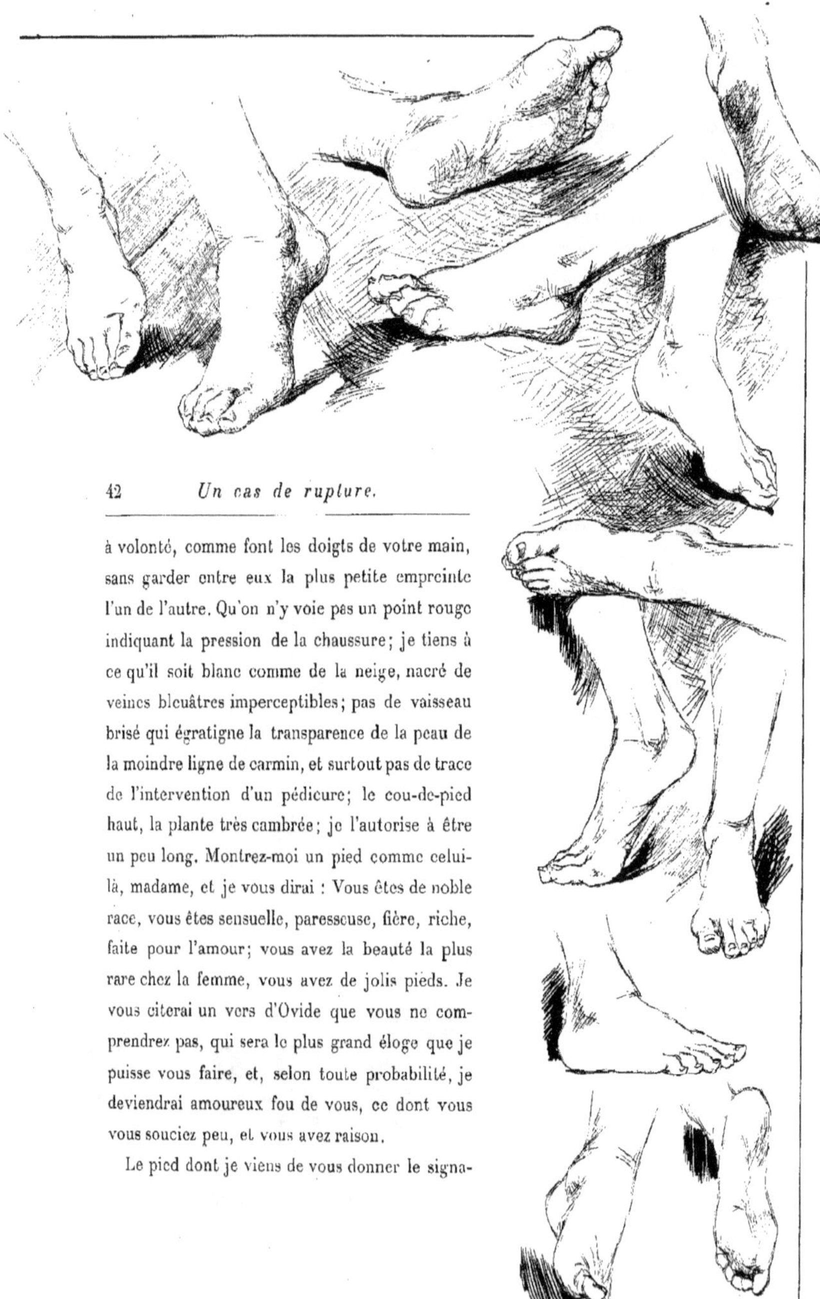

à volonté, comme font les doigts de votre main, sans garder entre eux la plus petite empreinte l'un de l'autre. Qu'on n'y voie pas un point rouge indiquant la pression de la chaussure ; je tiens à ce qu'il soit blanc comme de la neige, nacré de veines bleuâtres imperceptibles ; pas de vaisseau brisé qui égratigne la transparence de la peau de la moindre ligne de carmin, et surtout pas de trace de l'intervention d'un pédicure ; le cou-de-pied haut, la plante très cambrée ; je l'autorise à être un peu long. Montrez-moi un pied comme celui-là, madame, et je vous dirai : Vous êtes de noble race, vous êtes sensuelle, paresseuse, fière, riche, faite pour l'amour ; vous avez la beauté la plus rare chez la femme, vous avez de jolis pieds. Je vous citerai un vers d'Ovide que vous ne comprendrez pas, qui sera le plus grand éloge que je puisse vous faire, et, selon toute probabilité, je deviendrai amoureux fou de vous, ce dont vous vous souciez peu, et vous avez raison.

Le pied dont je viens de vous donner le signalement n'appartient proprement à aucun pays. Une Allemande même pourrait l'avoir. C'est une affaire de nature, d'éducation, de soin et de fortune. Cependant les Anglaises, accusées faussement d'avoir de vilains pieds et de vilaines mains, ont, au contraire, plus de chance que les autres femmes à la perfection des extrémités : leur tempérament lymphatique, leurs habitudes d'indolence, leur climat humide, en les renfermant dans leurs appartements ou dans leurs voitures, leur donnent le repos du sang, cette blancheur irisée de la peau qui les fait comparer à des cygnes par leur poète Shakespeare. Rien n'est plus joli qu'une Anglaise, quand elle se met à être jolie.

Ces yeux bluets, ces cheveux épis, ce teint neige et rose, cette bouche cerise, presque toujours entr'ouverte par le sourire, cette diaphanéité de la peau qui leur donne des apparences de vapeurs moulées, cette marche silencieuse qui semble les tenir à deux pouces au-dessus de la terre, tout cela fait de ces femmes des incarnations

vivantes des amours idéales. La langue anglaise elle-même, si dure en apparence, s'attendrit pour elles; leurs noms sont doux, harmonieux, câlins : *Miss* et *Lady* sont deux dénominations musicales.

Une Anglaise jolie paraît toujours être de bonne maison. Une grande dame anglaise qui a des amants n'a jamais l'air d'une fille; une fille anglaise a toujours l'air d'une grande dame qui a dérogé.

L'aristocratie des formes est poussée là aux dernières limites : on la retrouve jusque dans cette écriture mince, svelte, allongée, comme les mains qui la tracent. Qui n'a pas été aimé d'une Anglaise n'a pas été aimé. Leur amour a une distinction inconnue aux autres femmes, car il ne va jamais jusqu'à l'oubli de la pudeur, et, dans l'oubli de la raison, il conserve éternellement l'indécision d'un rêve. Au milieu de la gaze et de la batiste dont elle s'enveloppe, on ne sait jamais si on a réellement possédé une Anglaise. Elle ne se donne, pour ainsi dire, que dans un nuage, comme

une déesse ; aussi reste-t-il toujours quelque chose à supposer, et l'imagination, forcée de compléter les sens, ne se blase pas aussi vite que sur des contours arrêtés et définitifs.

On a beau dire que la pudeur des Anglaises vient des imperfections qu'elles tiennent à cacher, cette pudeur n'en n'est pas moins un grand charme et conserve à l'amour une dignité sans laquelle il n'est plus que l'expression brutale de sensations vulgaires. Le désir intelligent de l'homme a toujours besoin d'un peu de voile entre lui et l'objet de sa convoitise.

Le nu le plus beau n'est pas tentant. Demandez aux peintres, qui voient tous les jours des créatures admirables se dévêtir complètement devant eux : ils vous diront que la nudité est maladroite, et qu'étalée franchement, elle ne leur inspirerait pas ce que leur inspirerait chez la même femme, surpris par hasard, le plus petit détail de toute cette beauté.

Saint Antoine a résisté à la tentation, parce

qu'on lui montrait trop de choses à la fois. Il n'eût peut-être pas autant résisté à deux petites mains tirant un bas de soie sur une jambe ronde, à deux belles épaules se cachant à la hâte sous un corsage de mousseline, ou bien à un cou blanc et rond, penché tout simplement sur son livre de prières.

Tout cela est pour vous dire que l'héroïne de l'aventure que j'entreprends de vous raconter est une adorable personne. A cette heure, chaussée de bas à jour qui laissaient pénétrer la fraîcheur de l'air, ses petits pieds reposaient dans des pantoufles de satin à larges bouffettes et douillettement doublées de soie. Leur immobilité aurait prouvé, à elle seule, la douce lassitude où se complaisait la personne à qui ils appartenaient. D'où venait cette lassitude ? Sans doute des préparatifs du départ prochain ? Je ne crois pas. Cette femme est une grande dame qui part, voyage, arrive, sans s'occuper de quoi que ce soit. Elle a, pour ces détails ennuyeux, ses filles de chambre, son intendant, son courrier. Peut-être est-elle sortie

dans la journée? Non, elle n'a pas quitté son appartement. Alors elle a eu des visites d'adieu, et les conversations banales ont lassé ce corps délicat? Elle n'a reçu personne. D'où lui vient donc cette fatigue? Qu'importe? elle est fatiguée, ses yeux le disent suffisamment à demi clos et souriant à travers les palpitations de leurs paupières légèrement cernées. Quels yeux charmants! quelle tendresse caressante dans leurs regards fixés avec attention sur le visage de l'autre personne qui se trouve là, comme s'ils voulaient garder éternellement en eux son image!

Cette personne a vingt-six ans au plus; elle est Anglaise aussi et d'un type aussi pur dans son genre que celui de cette femme dans le sien. Cheveux noirs, ondés et bouclés comme ceux de lord Byron, front haut, grands yeux bleus fendus en amandes, nez droit et fier, bouche ferme et nette comme un arc au repos. Je ne sais pas de qui est cette comparaison, mais comme elle est juste, je m'en sers; dents régulières et blanches, ovale gracieux, pas de barbe, cou libre dans son col blanc, gracieusement évasé, telle est cette tête de jeune homme que bien des femmes ont dû regarder aussi tendrement que notre héroïne le regarde.

Vous ne compteriez pas quatre pouces de distance entre les deux visages concentrés tous deux dans la muette contemplation l'un de l'autre. Ils se regardent depuis un quart d'heure. Il y a mille chances contre une pour que deux êtres qui se regardent ainsi aient l'air souverainement ridicule et finissent par se rire au nez.

Eh bien, ceux-là peuvent se regarder deux heures encore, sans se dire une parole, et non seulement ils ne seront pas ridicules, mais ils seront charmants, parce qu'ils s'aiment et que le souvenir récent qui tient encore leurs mains enlacées, nuance de toutes les poésies possibles l'expression de leurs yeux, qui se voilent de temps en temps, comme pour puiser intérieurement, dans le frémissement de bonheur qui les agite encore,

une nouvelle raison de contemplation mutuelle.

Entre deux êtres jeunes et forts, l'amour est toujours une belle chose; mais il est des individus privilégiés, que la nature a dotés physiquement et moralement de tous les moyens, de toutes les délicatesses nécessaires pour le bien comprendre, le bien ressentir et le bien exprimer; leur naissance, leur position, leur fortune, leur santé, tout en eux, jusqu'à leur nom, concourt aux jouissances de ce sentiment.

Les deux personnages que nous mettons en scène étaient de ces élus. Jeunes tous deux, riches tous deux, libres tous deux, il semblait tout naturel qu'ils se fussent rencontrés, connus, aimés.

Mariée à un vieillard, lady Holway était absolument maîtresse de ses actions. Elle voyageait pendant neuf mois de l'année, et, pourvu qu'elle passât deux ou trois mois par an avec lui, son mari ne lui demandait pas où elle allait.

Orphelin, possesseur d'une fortune immense, lord Effild pouvait disposer de sa vie comme bon lui semblait. Il avait vu lady Holway aux eaux, deux ans auparavant; il lui avait fait sa cour, et, du jour où il lui avait parlé, il avait pour ainsi dire été tacitement convaincu qu'il réussirait. Elle, de son côté, avait toujours pressenti que, dans un temps donné, elle aurait un amant; c'était la conséquence inévitable de sa situation conjugale. Elle ne pouvait trouver mieux que lord Effild, gentilhomme accompli, noble, beau, brave, élégant, discret, spirituel.

Elle résista assez de temps pour s'assurer de la solidité de l'amour par la persévérance des assiduités; après quoi elle céda, comme cède une Anglaise. Elle aimait sérieusement, elle était sérieusement aimée.

Quant au mari, eût-il eu connaissance de ces relations, il eût fermé les yeux, en vrai gentleman, et de plus en homme d'esprit qui sait qu'à soixante ans on n'a le droit de demander à une femme de vingt-quatre que de faire généreusement, noblement, gracieusement les honneurs de sa maison.

A vrai dire, on ne saurait marquer du nom d'adultère les liaisons posées dans ces conditions-là. Il n'y a adultère que là où il y a amour, confiance de la part du mari, mensonge et trahison de la part de la femme. Puis, dans les très hautes classes de la société, il est à peu près convenu qu'on bénéficiera en tous sens de la supériorité fortuite de la naissance et de la fortune. La loi sociale s'y trouve perpétuellement éludée par l'usage.

Ces belles personnes nées comtesses et marquises, accoutumées aux flatteries des hommes et même du sort, héritières de noms illustres et de domaines immenses, traînant à leur suite tout un monde de courtisans, de domestiques, d'inférieurs, de gens de toute sorte, qui vivent pour elles et par elles, épiées par le monde qu'elles dédaignent, excusées par le monde qu'elles fréquentent, habituées dès l'enfance à vouloir, à ordonner, à régner, ne sauraient s'assujettir aux petites raisons qui maintiennent dans le devoir les femmes de leurs valets de chambre, de leurs

intendants, de leurs fournisseurs et de leurs notaires.

Quand le cercle social dans lequel le ménage les fait entrer les gêne par trop visiblement, elles en sortent tranquillement sans le dire, mais sans le cacher trop. Les liens de famille, perpétuellement détendus par ce qu'on appelle les convenances, n'ont plus assez de force pour les retenir. Le père et la mère qui disent vous à leur fille, l'enfant livré dès sa naissance aux nourrices étrangères, aux gouvernantes, la religion réduite le plus souvent à une cérémonie mécanique, ne peuvent avoir sur ces femmes l'influence qu'exerce, dans les classes inférieures, la vie intime et continuelle de la femme avec les parents et les enfants.

Dans la classe bourgeoise, dans la classe ouvrière surtout, la femme est le centre de la famille. L'éducation de ses enfants résulte d'elle aussi bien que leur naissance. Ils se retrouvent devant toutes les portes que leur mère doit franchir pour déserter la maison conjugale.

La mère partie, tout s'étiole, tout meurt autour de sa place restée vide. Là, le mari n'a pas le moyen d'aller aimer autre part, il aime sa femme; là, la mère n'a pas le moyen de payer des gouvernantes, elle aime ses enfants. Si elle les abandonne, qui les soignera? qui les lèvera le matin? qui les promènera le jour? qui les couchera le soir? qui les embrassera?

La faute de la femme a donc, dans ces classes-là, des conséquences bien autrement dangereuses, bien autrement fatales que dans les hautes sphères. En bas, au milieu même de la société, la mère qui abandonne le foyer, c'est la sève qui se retire de l'arbre, c'est le cœur qui se sépare du corps. En haut, la mère absente peut n'être qu'une personne de moins dans la maison.

Et cependant les exemples de ces désertions sont plus fréquents dans les classes moyennes que dans les classes élevées. Celles-ci sont-elles donc plus vertueuses? Non! Seulement la liberté dont elles jouissent, les privilèges qu'on leur ac-

corde, leur permettent de faire pénétrer un amour étranger dans l'ensemble de leurs occupations frivoles, tandis que, chez celles-là, la présence continuelle du mari, les occupations sérieuses, les comptes à rendre de la vie de chaque jour, sont autant d'obstacles qui les irritent quand elles aiment, autant de remords qui les poursuivent quand elles ont failli, et qu'avec le faux raisonnement de la passion elles arrivent un beau jour à trouver immérités, injustes, et à fuir. Puis il y a moins de grandes dames que de bourgeoises.

Notre Anglaise était une grande dame, dans l'acception la plus étendue de ce mot. N'ayant pas trouvé, à l'âge où elle devait se marier, l'idéal de l'amour, elle avait accepté l'idéal du bien-être matériel. Riche de dix à douze millions, elle avait épousé une fortune trois fois égale à la sienne. Elle avait le goût des grandes et belles choses, des fêtes princières, des aumônes splendides, des fantaisies ruineuses. Douée du génie d'invention propre aux natures aristocratiques et paresseuses, elle avait ébloui de son luxe Londres, qui n'est pas facile à éblouir. Mais elle avait beau jeter à pleine brassée tout ce tapage, tout cet éclat, toute cette prodigalité dans le vide moral de sa vie, elle sentait bien qu'elle ne le comblait pas. Alors, par un nouveau caprice, elle éteignit cette illumination générale, elle se retira à la campagne et vécut de nature; mais la nature, loin d'abreuver les âmes solitaires, leur donne des soifs nouvelles, les inquiète de désirs inconnus.

Un matin elle écrivit à son mari qu'elle s'en-

nuyait et qu'elle allait partir. Elle partit en effet, elle visita l'Espagne, l'Italie, l'Égypte. Elle eut son patio à Séville, son palais à Venise, sa cange sur le Nil; après quoi elle s'en vint tout bonnement demeurer à Paris, rue d'Anjou-Saint-Honoré. Elle devait n'y passer que trois jours, et y resta neuf mois. Il est vrai qu'elle avait rencontré lord Effild, et que, de ce jour, le mur de la chambre où il prenait l'habitude de la venir voir parut, à ses regards lassés de montagnes, de forêts, de déserts, d'océans, de perspectives interminables, le plus charmant horizon de la terre.

Le jeune homme, libre, riche, enferma sa liberté, sa jeunesse, sa fortune dans cette douce habitude, et suivit sa maîtresse partout où sa fantaisie l'entraînait.

Heureux homme! Pour ma part, voilà comme je comprends et comme j'aime l'amour. Ce sentiment délicat, qui, selon la définition du poète, naît de rien et meurt de tout, est un vin qui, à mon avis, a besoin d'être goûté dans une coupe d'or. Il ne vous viendrait pas à l'idée de boire du johannisberg dans une écuelle. Ainsi de l'amour. Qu'il ait ses difficultés, ses dangers, ses mystères, je le veux bien; mais qu'il marche sur le velours, qu'il couche dans la batiste et la dentelle; qu'il prenne beaucoup de bains, qu'il sente bon; qu'il ne s'embarrasse jamais dans une incertitude matérielle de la vie; qu'il ait enfin pour ses manifestations extérieures des splendeurs dignes de son origine céleste.

L'amour est exigeant, il n'admet pas qu'on s'occupe d'autre chose que de lui. Si vous voulez aimer, n'ayez que cela à faire. Je n'entends pas que la main que je baise fasse la cuisine; que la voix qui me dit : Je vous aime, compte le linge de la blanchisseuse; que le corps que je presse dans mes bras connaisse une fatigue autre que celle du plaisir.

L'amour est paresseux; qu'il ait des chevaux pour se promener.

Il est frileux; qu'il ait des tapis, du satin et de l'hermine.

Il aime la campagne, la rêverie sous les grands

arbres, la promenade dans les larges avenues; qu'il ait des parcs à lui.

Il a des caprices; qu'il les satisfasse tous si bon lui semble, qu'il se couvre aussi facilement de diamants qu'il se couvrirait, en été, de bluets et de marguerites.

Est-ce à dire que les gens riches peuvent seuls s'aimer? Erreur. D'abord il ne suffit pas d'être

riche pour comprendre l'amour; il faut être jeune, beau, bien portant, spirituel et aimé. La jeunesse supplée à la fortune, me direz-vous, la gaieté au luxe, le coucou à la calèche, le bois de Romainville au parc héréditaire, la mansarde éclairée d'un rayon de soleil et parfumée d'un pot de fleurs à l'hôtel majestueux du faubourg Saint-Germain. Oui, une fois par semaine et pendant deux ou trois ans de la vie.

Partout où il y a nature, me direz-vous encore, il y a amour; c'est possible, mais je ne vous parle pas de la nature. Je vous parle de la civilisation, qui nous a créé des besoins plus exigeants que les besoins naturels, et qui a réduit la nature au rôle de remède et de garde-malade. Je dis donc, en dépit des chansons de Béranger, des traditions des commis, des grisettes des romans de Paul de Kock, et des contes de Florian, que je préfère les grandes dames aux grisettes; qu'il m'est plus agréable de voir ma maîtresse aller au Bois en calèche qu'au marché en tartan; que j'aime mieux

la voir vivre pour aimer que travailler pour vivre, et qu'à moins d'être un malhonnête homme, tout homme riche aimant une femme pauvre enrichira cette femme, tant est grand le besoin d'un cadre d'or à ce tableau de l'amour.

La fortune ne fait pas le bonheur! C'est là une vieille maxime inventée certainement par un millionnaire pour un de ses amis pauvre auquel il aimait mieux donner cette consolation que la moitié de ses rentes. La fortune ne fait pas le bonheur, parce que le bonheur de l'homme n'a pas de thermomètre fixe et que son désir n'a pas de limites certaines; mais je déclare que, parmi les choses qu'il recherche le plus obstinément, et qui, par conséquent, sont pour lui, sinon le moyen unique de parvenir au bonheur, au moins une des plus certaines pour se le procurer, la fortune doit être placée au premier rang, et que non seulement je ne le blâme pas, mais que je l'approuve de la rechercher, à la condition toutefois qu'il saura en jouir quand il l'aura acquise. Je déclare, en outre, que les gens nés de familles nobles et opulentes sont dans des conditions de bonheur plus probables que les fils de laboureurs, de commis et d'ouvriers, si philosophes qu'ils soient ; et je dis enfin qu'en simplifiant, en annihilant même les exigences matérielles de l'existence, la fortune ouvre la porte à toutes les jouissances morales dont l'amour est sans contredit, pour la jeunesse, l'expression la plus poétique, la plus naturelle, et la plus désirable. C'est ce qui explique en tout

temps le succès des courtisanes, ces bijoutières en faux de l'amour, chez lesquelles on achète du strass, mais si bien monté, qu'on croit un instant que la pierre est vraie, et qu'on la paye comme du diamant.

Certainement un beau jeune homme et une belle créature s'aimant bien, se le disant tous les deux au milieu du silence excitant d'une nuit de juin, loin du monde, en plein air, sur les lits de foin odorants qui bombent les plaines récemment fauchées, certainement c'est là un tableau ravissant ;

mais voyez comme il se complète, si, à deux cents pas de là, les attend une voiture rapide qui les ramène mollement bercés l'un à côté de l'autre vers quelque château magnifique où ils retrouveront leur amour couché sur des coussins de soie, entre une table chargée de fruits aimés de Vénus Aphrodite et les draps fins et transparents d'une couche noyée dans une demi-teinte mystérieuse et fraîche.

C'est ainsi que nos amants s'aimaient, et ils ne s'en lassaient pas, je vous en réponds. Cependant ils étaient au moment de se séparer, mais momentanément. Lady Holway devait partir pour rejoindre son mari, qu'elle n'avait pas vu depuis un an, et près duquel il lui fallait aller passer les deux ou trois mois réglementaires. Elle avait retardé ce départ tant qu'elle avait pu, mais il n'y avait plus à le remettre, et le jour où nous faisons connaissance avec elle était le dernier qu'elle dût passer à Paris.

Nous n'avons pas besoin de dire les pensées

qui se cachaient derrière les regards de nos deux amoureux.

Cette séparation ne pouvait cependant pas être une douleur sérieuse. Au bout de quelque temps, la voyageuse reprendrait ses voyages, c'est-à-dire sa liberté. Jusque-là elle se contenterait d'écrire à son amant et de recevoir ses lettres.

Les Anglaises aiment tant écrire et le papier anglais est si beau! Puis cette petite halte ne pouvait être préjudiciable à leur amour : au contraire, c'est dans les séparations momentanées que les liaisons se reposent et reprennent des forces.

Les amants ont quelquefois besoin de se retrouver seuls, vis-à-vis d'eux-mêmes, pour puiser dans la solitude, avec le désir de se revoir, une nouvelle raison de s'aimer. Seules, les natures vulgaires ne savent pas résister à l'éloignement de la personne, et lord Effild et lady Holway étaient deux âmes loyales, deux esprits élevés, incapables de mentir à la parole que leurs cœurs s'étaient donnée une fois pour toutes. Ils avaient

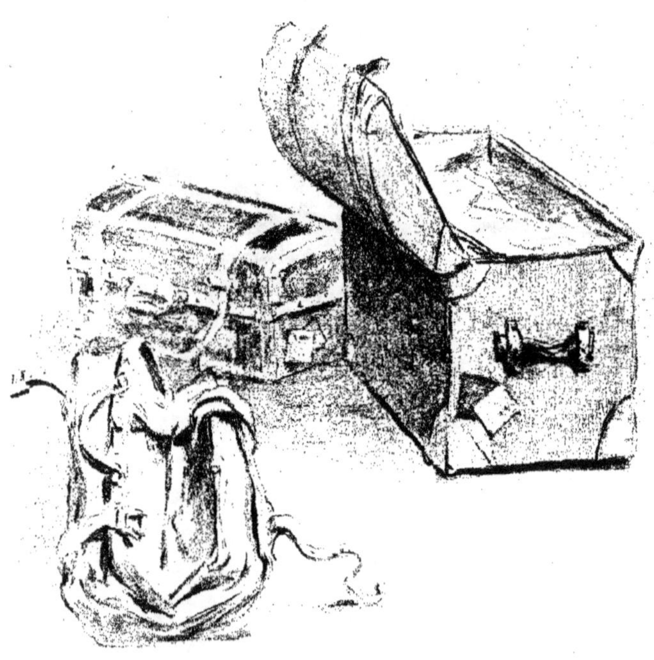

déjà été séparés ainsi, et ils s'étaient retrouvés ensuite plus épris que jamais.

Ils s'appréciaient l'un l'autre, et jamais ils n'avaient entrevu la possibilité d'une rupture. Sans se l'être dit, il était bien convenu que, dans le cas où le mari de lady Holway viendrait à mourir, le jeune lord l'épouserait. Ils associaient franchement non seulement leur présent, mais leur avenir.

Mais elle a beau être millionnaire, belle, grande dame et Anglaise, une femme est toujours femme; autrement dit, elle ne se sépare jamais de l'homme qu'elle aime, pour si peu de temps que ce soit, sans quelques vagues inquiétudes; elle trouve toujours moyen d'être jalouse de quelqu'un ou de quelque chose. Lady Holway n'avait aucun prétexte pour être jalouse présentement; mais, quand une femme est avec un homme dans les termes où elle était avec lord Effild, elle connaît certainement une partie de son passé, et, dans ses amours d'autrefois, elle choisit immanquablement la femme qu'il a le plus aimée avant elle,

pour utiliser sa jalousie, pour lui en vouloir un peu de cet amour antérieur, et même pour paraître en craindre l'influence dans l'avenir. Au lieu de redouter toutes les femmes que son amant ne connaît pas, elle se plaît à en redouter une qu'il a eue, qu'il a quittée et qu'il ne songe plus à revoir. Il lui arrive même parfois de pousser la maladresse jusqu'à inspirer à l'homme un désir posthume pour cette sensation morte.

Lady Holway savait que son amant avait été jadis en liaison assez longue avec une femme jeune, belle, distinguée, qui l'avait aimé, qui l'aimait encore, et qui faisait vers lui, depuis quelque temps, quelques tentatives nouvelles. Soit pour prouver à sa nouvelle maîtresse que le souvenir n'avait plus de racines en lui, soit par la simple habitude de la mettre au courant des moindres détails de sa vie, soit par ce petit sentiment de vanité qui pousse l'homme à montrer à la femme qu'il aime qu'il a été aimé, qu'il l'est et que, par conséquent, il lui sacrifie quelque chose, lord Effild avait montré à lady Holway les dernières lettres de cette femme, qui était à Paris. Il n'en fallait pas davantage pour effrayer notre héroïne, surtout au moment de son départ, quand elle songeait qu'elle allait laisser son amant exposé aux tenta-

tions de ce souvenir, dont elle s'exagérait l'importance.

Il lui avait bien promis de ne plus revoir cette femme ; mais le hasard, au défaut de sa volonté, pouvait le ramener près d'elle et faire naître un rapprochement.

De là sa préoccupation, son inquiétude, sa prolongation de séjour à Paris.

Cependant ce départ, nous le répétons, devait avoir lieu irrévocablement le lendemain à deux heures; et lady Holway avait passé ces derniers jours à donner à son amant assez de preuves d'amour pour espérer que le souvenir en serait plus fort que toutes les séductions étrangères.

Mais, direz-vous, puisque lord Effild était complètement maître de ses actions, elle avait un

moyen bien simple de s'assurer de sa fidélité, c'était de le faire partir avec elle : c'est vrai. Malheureusement ou heureusement, cette femme avait des loyautés de race qui ne lui permettaient pas d'introduire son amant dans la maison de son mari, d'exposer au ridicule l'homme dont elle portait le nom, et de forcer à la duplicité l'homme qu'elle aimait.

Il s'agissait donc de faire bravement les choses, d'aller passer trois mois avec le mari, d'avoir confiance et de se contenter pendant ce temps des lettres de l'amant.

Deux heures sonnèrent à l'horloge du salon.

Milord se leva, alla prendre son chapeau déposé sur la cheminée, et revint baiser tendrement la main de lady Holway, en lui disant :

— A demain !

— A demain, répéta-t-elle de sa douce voix, que la fatigue du moment rendait plus douce encore. Mais pourquoi me quitter si tôt ?

— Deux heures viennent de sonner.

— Eh bien?

— Eh bien, c'est déjà tard pour sortir de chez vous.

— A demain, soit. A quelle heure?

— Ordonnez.

— Je pars à quatre heures, vous le savez.

— Bien décidément, cette fois?

— Bien décidément. Avez-vous peur que je ne me rétracte?

— Je ne demande que cela.

— Je veux vous quitter le moins possible jusqu'à mon départ. Venez à dix heures, venez à neuf; nous prendrons le thé ensemble.

— A neuf heures, c'est dit.

— Où allez-vous maintenant?

— Chez moi. Où voulez-vous que j'aille?

— Vous savez ce que vous m'avez promis?

— Soyez tranquille. Je vous aime.

Milord se pencha sur le visage de sa maîtresse, et tous deux échangèrent un de ces baisers silencieux qui ponctuent harmonieusement la fin d'une soirée comme celle qui venait de s'écouler.

Le jeune homme partit; une heure après son départ, milady était encore dans la pose où il l'avait laissée. Les femmes se plaisent à garder, quand elles sont seules, l'attitude où elles étaient avec leur amant.

Elles s'y confinent comme pour absorber tout ce qui reste d'amour dans la chaleur et dans les plis de leurs vêtements. Elles y tressaillent sous la caresse du souvenir comme sous la sensation même des réalités rapides qu'il rappelle. Nous leur sommes tout à fait inférieurs sous le rapport de ces délicatesses mystérieuses du plaisir. Notre organisation, plus puissante, plus énergique que la leur, dans la manifestation extérieure de l'amour, se refuse à une perception aussi étendue, aussi fine, aussi prolongée des sens. La volupté est en elles ce que le son d'un instrument juste est dans un air pur. Il ne s'éteint que graduellement et palpite en infiniment petites vibrations, longtemps encore après qu'on ne l'entend plus. Enfin lady

Holway passa dans son cabinet de toilette et rentra bientôt dans sa chambre à coucher.

Parmi toutes les poses que j'ai vues dans le monde et que, si j'étais peintre, j'aurais aimé saisir, il en est une qui m'a toujours paru plus charmante que les autres et dont tout homme a dû être frappé.

C'est celle d'une jeune femme au moment où elle se met au lit; quand elle a déjà plié le genou gauche sur la couche, que le pied droit abandonne sa pantoufle, que de ses deux mains posées en avant elle cherche un point d'appui pour s'enlever tout à fait, et que, retournant un peu la tête, elle dit à son amant, sachant bien qu'il lui désobéira: « Ne me regardez pas! » Lady Holway avec son petit bonnet aux barbes flottantes, avec sa chemise de batiste, longue comme un peignoir, était adorable dans cette pose, où, malheureusement pour lui, milord ne l'avait pas encore vue. Jamais elle ne s'était mise au lit devant personne, pas même devant une femme de chambre. Ne l'oublions pas, elle était Anglaise. Et dire qu'il y a de belles jeunes femmes qui se couchent ainsi sans témoin, sans même penser à se regarder elles-mêmes! Que de tableaux charmants perdus pour des yeux qui se les rappelleraient!

Elle resta deux heures la tête sur sa main, immobile et songeant; puis ses yeux se fermèrent peu à peu, et elle s'endormit avec un sourire de confiance. Elle venait de se convaincre qu'elle était aimée. Elle avait raison, elle l'était. Si elle

avait pu voir ce qui s'était passé chez lord Effild lorsqu'il était rentré, elle en eût eu une preuve de plus. Parmi les lettres que son valet de chambre lui avait remises, il y en avait une de la femme dont il avait été quelquefois question entre les deux amants. Il avait pris cette lettre, reconnu l'écriture, porté la main au cachet pour l'ouvrir, puis le souvenir de la soirée lui avait fait faire une chose d'autant plus méritoire qu'elle devait rester inconnue. Il avait déchiré cette lettre sans la lire.

Était-ce dédain réel pour la personne qui lui

écrivait? Était-ce, au contraire, un sacrifice à la personne qu'il venait de quitter? Ou bien, se rappelant qu'il était homme, selon le précepte antique qui recommande aux hommes de se le rappeler sans cesse, ne voulait-il même pas accepter la lutte avec un souvenir qui avait gardé quelque influence sur lui, et qui pourrait en reprendre d'autant plus qu'à partir du lendemain le départ de sa maîtresse allait le laisser sans auxiliaire? Tout cela est possible. En tout cas, comme il y avait de l'amour pour notre héroïne au fond de ces trois hypothèses, nous ne pouvons que féliciter notre héros. Cependant il faut tout dire. Si dans le premier moment lord Effild fut heureux d'avoir tenu sa parole en cessant tous rapports, même écrits, avec le passé dont sa nouvelle maîtresse était jalouse, il éprouva, quelques instants après, une sorte de remords.

Le droit le plus incontestable de la femme qui nous a aimé, c'est le droit de nous écrire, et quand on n'a rien à reprocher à cette femme, il y a une sorte de lâcheté à déchirer sa lettre sans savoir ce qu'elle contient, surtout dans le seul but d'être agréable à une autre femme qui n'a d'autres droits à cette faiblesse que de nous aimer comme l'autre nous aimait, peut-être moins.

Si cette femme se trouvait là, cela s'expliquerait encore; mais quand on est seul, quand on peut lire cette pauvre lettre qui renferme nécessairement quelques souvenirs respectables pour notre cœur, qui demande peut-être notre appui, pourquoi la déchirer sans l'ouvrir? Il en sera toujours temps quand on l'aura lue, et du moins une

voix qui jadis nous était chère ne se sera pas en vain élevée vers nous. La plus simple politesse exigeait que lord Effild ouvrît cette lettre. On lit bien une lettre de son bottier. Oh! amour!

Il se fit toutes ces réflexions, et il en éprouva, nous le répétons, le véritable remords qui devait en résulter pour un homme de cœur aussi bien élevé que lui.

Par un revirement naturel, il en voulut presque à

lady Holway de l'action qu'il venait de commettre. Il se dit, avec raison, que les femmes qui se sentent aimées d'un homme ont la manie de vouloir effacer de sa vie tout ce qui les a précédées. Son cœur n'a dû s'ouvrir que le jour où il les a connues; sa mémoire mourir du moment où le son de leur voix l'a frappé.

Leur céder sur ce point, c'est leur donner une satisfaction dans le présent, mais c'est leur retirer une garantie dans l'avenir. En effet, qui leur répond qu'un amour nouveau n'exigera pas le même sacrifice à leur égard, et que leurs lettres et leurs noms ne s'en iront pas dormir dans la fosse commune creusée par elles? Du reste, si leur vanité se réjouit quelque temps de ce petit despotisme, leur cœur n'en est pas précisément reconnaissant. La femme est née pour être dominée, elle aime à l'être, et quand on s'asservit trop facilement à elle, on baisse peu à peu dans son opinion.

La première chose que fait une femme quand elle voit chez son amant le portrait d'une ancienne

maîtresse, c'est de lui demander de le renvoyer à la femme ou de le détruire. Eh bien, que celles à qui leur amant a fait cette concession soient franches, elles avoueront qu'en voyant un homme exiler de la place qu'elle occupait cette image souriante, et qui ne pouvait se défendre, elles ont rougi de lui tout en le remerciant. Qu'au contraire, si leur amant leur a répondu : « Non, je ne renierai jamais un sentiment vrai, ce sentiment fût-il remplacé par un plus fort; jamais je n'insulterai à un souvenir loyal, et je ne me séparerai pas plus de ce portrait que je ne me séparerais du vôtre ! » si leur amant leur a répondu ainsi, elles avoueront que, tout en se plaignant de ne pas être aimées, tout en le menaçant de ne plus le revoir, elles ont été forcées de l'estimer, qu'elles ont été fières d'appartenir à un cœur noble et ferme, et qu'il leur a été doux d'acquérir ainsi la certitude que, quoi qu'il arrivât, cet homme respecterait toujours leur mémoire et la ferait toujours respecter.

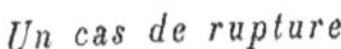

Ce que nous disons là n'est pas pour lady Holway. D'abord elle n'était jamais allée chez son amant ; elle était trop grande dame pour aimer autre part que chez elle. Il eût fallu que lord Effild fût malade pour la voir venir chez lui.

Ensuite, y fût-elle allée, elle ne lui eût jamais demandé aucune concession de ce genre. En

détruisant cette lettre, il s'était même exagéré la promesse qu'il lui avait faite. Elle lui avait demandé de ne plus aimer, de ne plus revoir cette rivale imaginaire, mais elle n'eût jamais pensé à exiger de lui qu'il fût impoli avec une femme.

Le lendemain, à neuf heures, il arrivait à l'hôtel. Bien qu'il fût rentré tard la veille, il n'avait pas eu besoin que son valet de chambre le réveillât pour être exact. Il avait mal dormi, il aimait réellement sa maîtresse, et la pensée de son départ prochain mettait préventivement en lui le germe de tristesse que la séparation ne ferait que développer. Le cœur se déchire toujours un peu en se séparant d'une personne aimée, pour si peu de

temps que ce soit. En somme, on peut ne plus la revoir. Nos affections les plus sérieuses sont à la merci des accidents les plus bêtes.

Telle fut la raison qu'il donna à lady Holway quand elle lui demanda ce qu'il avait, car sa préoccupation était visible.

— C'est bien le seul motif de votre tristesse? demanda la jeune femme en passant les bras autour du cou de son amant.

— Vous le savez bien.

— Voulez-vous que je ne parte pas?

— Quelle folie!

— Me croyez-vous donc incapable de cette résolution si vous m'aimez véritablement?

— Me croyez-vous capable d'accepter quand nous pouvons faire autrement? A quoi bon un scandale que nous pouvons éviter avec un peu de patience?

On se mit à table, le déjeuner n'était que le prétexte d'une réunion plus matinale; ni l'un ni l'autre n'avait faim. Chacun prit une tasse

de thé pour avoir l'air de prendre quelque chose.

Lady Holway se rapprocha du jeune homme, lui prit les mains, posa sa tête sur son épaule et, le regardant avec tendresse :

— Vous m'écrirez? lui dit-elle.

— Souvent.

— Tous les jours. Je le veux. Vous me direz tout ce que vous ferez.

— Tout.

— Qu'allez-vous faire aujourd'hui, quand je serai partie?

— Rien.

— Vous n'avez aucun projet?

— Aucun.

— Quelle belle journée et comme il doit faire bon à la campagne! Vous rappelez-vous notre promenade, il y a trois jours?

Pour toute réponse, lord Effild serra la petite main qu'il tenait et rapprocha ses lèvres du front qui reposait sur sa poitrine.

Il se fit un silence.

On frappa à la porte; lady Holway recula sa chaise avec cette rapidité de contenance si facile chez les femmes.

— Entrez, dit-elle.

C'était l'intendant.

— Milady n'a plus d'ordre à donner? demanda-t-il en tenant la porte refermée derrière lui.

— Non.

— Milady part toujours à deux heures?

— Oui.

— On peut faire transporter tous les bagages au chemin de fer?

— Quelle heure est-il donc?

— Midi.

— Certainement.

— A quelle heure milady désire-t-elle sa voiture?

— A une heure.

L'intendant se retira.

Lady Holway se leva, considéra quelques instants son amant, et lui dit presque avec timidité :

— Si je ne partais que demain?

— Ce serait charmant à vous.

— Vous seriez content?

— Vous le demandez!

— Et vous ne me quitteriez pas?

— Pas une minute.

— Eh bien, attendez un peu, je vais arranger cela.

Et, gaie comme une pensionnaire à qui sa mère permet de rester à la maison au moment où l'on va la ramener au couvent, elle courut vers la porte par laquelle l'intendant était sorti, et disparut.

Depuis le matin elle préméditait cette résolution, où la malice féminine avait bien un peu sa part.

En effet, elle voulait s'assurer que tout le temps de son amant, fût-elle absente, lui appartenait, et qu'il n'avait en aucune façon disposé à l'avance de la liberté que lui laissait son départ. Il acceptait ce sursis avec reconnaissance, avec émotion, avec joie; il était donc tout à elle : elle était heureuse.

Elle reparut, habillée, voilée, toute prête à sortir.

— Venez, dit-elle.

— Où allons-nous?

— A la campagne. Tout le monde me croit partie; profitons de ce dernier jour.

Ils coururent les bois toute la journée, comme deux vrais amoureux, se souriant, s'embrassant, s'isolant le plus possible. Jamais elle n'avait été plus charmante, jamais il n'avait été plus tendre. C'eût été malheureux qu'ils n'eussent pas eu ce jour-là dans leurs souvenirs.

A dix heures ils étaient de retour à Paris.

La première chose que fit lady Holway en rentrant chez elle fut de congédier ses gens, en disant qu'elle n'avait plus besoin d'eux.

Elle resta donc toute seule avec lord Effild.

— Encore seize bonnes heures à passer ensemble, dit-elle en regardant la pendule.

— Comment, seize heures?

— Oui, puisqu'il est convenu que vous ne me quitterez pas jusqu'à ce que je parte.

— Vous voulez que je reste avec vous jusqu'à demain ?

— Pourquoi pas?

— Ici?

— Ici.

— C'est la première fois depuis deux ans que pareille idée vous vient.

— Il y a commencement à tout.

Le jeune homme parut presque contrarié de cette nouvelle fantaisie, plus inattendue encore que celle du matin.

— Malheureusement, reprit-il, la chose est impossible.

— Pourquoi donc ?

— Que penseront vos gens?

— Vous avez bien vu que je les ai congédiés.

— Mais demain?

— Ils ne vous verront pas.

— Et s'ils me voient?

— Que m'importe?

— Vous serez compromise.

— Croyez-vous donc qu'ils ne se doutent de rien?

— Raison de plus.

— Et vous dites que vous m'aimez?

— C'est justement parce que je vous aime que je dois veiller sur votre réputation.

— Il ne vous serait donc pas agréable de passer tout ce temps avec moi?

— Si.

— Et bien, restez : je ne vous prie pas, je le veux.

Et l'on eût dit que tous les rayons de cette belle journée avaient passé dans les yeux de la jeune femme.

— Soit, reprit lord Effild; mais alors...

— Quoi?

Vous me permettrez de vous quitter pendant dix minutes.

— Où allez-vous donc?

— Chez moi dire un mot.

— A qui?

— A un ami qui m'y attend.

— Un ami?

— Oui.

— Son nom?

— Vous ne le connaissez pas.

— Qu'avez-vous à lui dire?

— J'ai une réponse à lui donner.

— A propos de quoi?

— A propos d'une affaire.

— Et il vous attend chez vous?

— Oui.

— Comment lui avez-vous donné rendez-vous ce soir?

— Je croyais que vous partiriez dans la journée.

— Je comprends maintenant pourquoi vous me refusez de rester. Vous avez sans doute quelque chose de plus agréable à faire?

— J'ai un mot à dire, voilà tout. Je vous demande dix minutes.

— Toute la nuit, si bon vous semble.

— Voilà que vous vous fâchez.

— Non; seulement je trouve extraordinaire qu'au moment où je vous prie de ne pas me quitter, vous vous souveniez tout à coup que vous avez donné rendez-vous à un ami. Si vous n'étiez rentré qu'à deux heures du matin, comme hier, comment aurait fait votre ami?

— Il m'aurait attendu.

— Eh bien, il vous attendra.

— Ce n'est pas la même chose.

— C'est seulement un mot que vous avez à dire?

— Oui.

— Eh bien, écrivez-le; on va le porter à votre ami.

Lord Effild parut assez embarrassé; cependant il reprit contenance et répondit :

— Non, il faut que j'aille moi-même.

— Soit; je ne vous retiens plus, allez.

Le jeune homme se leva, malgré le ton de reproche dont ces dernières paroles avaient été prononcées. Il prit son chapeau et se dirigea vers la porte :

— Reviendrez-vous?

— Vous le savez bien.

— Dans dix minutes?

— Au plus.

Elle n'ajouta pas une syllabe; elle se leva, s'approcha de la table, ouvrit un livre de l'air le plus naturel, comme pour occuper le temps qu'elle allait passer seule, mais elle jeta un regard de côté sur son amant, espérant surprendre la vérité dans la manière dont il sortirait.

Il revint sur ses pas, l'embrassa sur le front et lui dit :

— Je suis à vous tout de suite.

Lady Holway entendit les pas s'éloigner, courut à la fenêtre, vit le jeune homme franchir la porte de la rue et s'acheminer rapidement dans la direction de sa demeure. Une voiture passait, il l'arrêta, sauta dedans, donna au cocher une indication qu'elle ne put entendre, et la voiture s'éloigna.

Alors notre Anglaise ne perdit pas une minute, elle prit à la hâte son châle, son chapeau, et des-

cendit à son tour, en proie à toutes les agitations du soupçon et de la jalousie. Il fallait qu'elle fût bien agitée pour faire ce qu'elle faisait.

Arrivée dans la rue, elle monta dans une voiture de place, et promit un louis au cocher s'il marchait bien.

Le fiacre partit aussi vite qu'il pouvait.

Il arriva.

La voiture que milord avait prise attendait devant sa porte.

« Jusqu'à présent il ne m'a pas trompée, » se dit lady Holway en respirant un peu mieux.

Elle entra.

— Milord est-il ici? demanda-t-elle au valet de chambre quand celui-ci lui eut ouvert la porte, à laquelle elle avait frappé aussi doucement que possible.

— Oui, milady.

— Seul?

— Seul.

— Vous en êtes certain?

— Très certain.

— Dites-lui que quelqu'un le demande tout de suite, sans lui dire que c'est moi.

Le domestique la fit entrer dans le salon, dont il s'apprêtait à allumer toutes les bougies.

— Hâtez-vous, lui dit-elle, une seule lumière suffira.

Le valet de chambre sortit.

— Seul! seul! répétait lady Holway; ainsi il m'a menti; personne ne l'attendait, ou bien ce valet ment et il est avec quelqu'un de l'autre côté. Me mentir! à moi!

Trois ou quatre minutes s'écoulèrent ainsi.

— Il y a quelqu'un avec lui, fit-elle; une femme sans doute, qu'il ne sait comment congédier.

Elle baissa son voile.

— Il faut que je m'en assure, reprit-elle, et alors tout sera dit, je ne le reverrai plus.

Elle se leva et se disposait à quitter le salon et à parcourir cet appartement, qui était vaste et qu'elle ne connaissait pas; car, on se le rappelle, elle n'y était jamais venue.

Elle mettait la main sur le bouton de la porte quand cette porte s'ouvrit et que lord Effild parut.

— Comment! c'est vous? lui dit-il avec étonnement.

— Oui, répondit-elle en cachant de son mieux l'émotion de sa voix; je m'ennuyais, je suis venue vous chercher.

— C'est charmant de votre part; je suis prêt, partons.

— Et votre ami?

— Il n'est pas venu.

— Il faut l'attendre.

— Ma foi, non.

— Vous ne disiez pas cela tout à l'heure.

— C'était à lui d'être exact.

— Vous avez l'air bien gai?

— Pourquoi ne le serais-je pas, puisque je vous vois?

— C'est que moi je suis loin d'être joyeuse.

— Pourquoi donc?

— Vous me trompez.

— Je vous trompe?

— Oui.

— Êtes-vous folle?

— Vous aviez une réponse à donner à un ami?

— Oui.

— Une réponse importante?

— Très importante.

— Savez-vous, milord, que vous souriez d'une façon à me faire croire que vous vous moquez de moi?

Milord prit les mains de sa jeune maîtresse.

— Je ne puis m'empêcher de sourire, dit-il, en voyant quel mal vous vous donnez pour une chose qui n'en vaut pas la peine, je vous assure; de plus, je suis enchanté de ce qui arrive. Cela me prouve que je ne vous suis pas indifférent, et que vous voulez bien être un peu jalouse de moi.

— Tout cela n'est pas répondre, milord, et

c'est justement parce que je vous aime que je ne veux pas que vous me mentiez, même dans les plus petites choses. Répondez-moi donc clairement ; votre ami n'est pas venu ?

— Non.

— Alors vous avez dû lui écrire un mot pour lui donner cette réponse si importante ?

— Oui.

— Où est ce mot ?

— Je le lui ai déjà fait porter.

— Mensonge.

— Vous êtes charmante, et je vous aime comme un fou.

— Je vous répète que c'est très sérieux, et voulez-vous savoir ce dont je suis convaincue ?

— Dites.

— Vous aviez rendez-vous avec une femme, et cette femme est là.

Et, du doigt, lady Holway montrait l'autre partie de l'appartement.

— Voulez-vous visiter toutes les chambres ?

— C'est qu'elle vient de partir.

— Pas davantage.

— Alors c'est chez elle que vous aviez rendez-vous; vous comptiez que je serais partie ce matin et que vous seriez libre ce soir. Voyant que je restais et ne pouvant lui écrire de chez moi, vous êtes rentré chez vous pour la prévenir. Jurez-moi sur l'honneur qu'il n'y a rien de vrai dans tout cela.

— Je vous jure sur l'honneur que, non seulement il ne s'agissait pas d'une femme, mais encore que je n'ai pas parlé à une femme depuis que je vous connais, et qu'hier j'ai déchiré sans la lire une lettre que j'ai reçue d'une femme avec qui je vous ai promis de n'avoir plus aucun rapport.

— Soit, je vous crois; mais jurez-moi alors que la raison que vous m'avez donnée pour venir ici est la véritable raison qui vous y amenait.

— Ceci, c'est autre chose; je ne puis le jurer.

— Vous voyez bien que vous me trompiez.

— Je ne pouvais pas faire autrement.

— Pourquoi?

Un cas de rupture.

— Parce que vous êtes la seule personne au monde à qui je ne puis pas dire la vérité dans cette circonstance.

— Il faut pourtant que je la sache, ou bien...

— Ou bien?

— Ou bien je ne reviendrai plus en France.

— C'est à ce point-là?

— Oui.

— C'est mal : on peut être forcé de cacher quelque chose à la femme qu'on aime le plus.

— Ai-je des secrets pour vous, moi? Est-il une action de ma vie que vous ne connaissiez? Est-ce que je ne vous rends pas compte de mon temps minute par minute? Ne suis-je pas toute à vous? Ce matin, chez moi, que vous proposais-je? de tout quitter, mari, monde et famille, pour être à vous seul; j'y suis prête encore. Eh bien, je vous jure, et vous savez qu'une femme comme moi ne manque pas à sa parole, je vous jure que, si je n'ai pas l'explication du mystère de ce soir, vous ne me reverrez plus.

— Impossible!

— C'est votre dernier mot?

— Demandez-moi tout ce que vous voudrez, excepté cela.

— Adieu.

Elle marcha résolument vers la porte. Lord Effild se mit devant elle.

— C'est sérieux? lui dit-il.

— Très sérieux.

— Plus tard, je vous dirai tout.

— Non, tout de suite.

— Vous le voulez absolument?

— Oui, je le veux.

— Et, si je vous dis la vérité, vous ne m'en voudrez pas?

— Non.

— Quelle que soit cette vérité?

— Quelle qu'elle soit.

— Eh bien...

Il hésita.

— Eh bien? reprit lady Holway avec la même

intonation et les yeux fixés curieusement sur les lèvres de son amant.

— Non, décidément jamais je ne vous le dirai! Je ne puis pas vous le dire. Croyez tout ce que vous voudrez : que je conspire, que je fais de la fausse monnaie; supposez les choses les plus étranges; mais ne me demandez pas cet aveu : il est impossible; à ma place vous feriez comme moi.

Des larmes de colère brillèrent dans les yeux de la jeune femme.

— C'est bien, laissez-moi passer! dit-elle d'une voix tremblante.

Il essaya de s'opposer à sa sortie.

— Pas un mot de plus, milord; tout est fini entre nous; je vous défends de me suivre.

En disant ces mots, elle ouvrait la porte et disparaissait.

Le jeune homme ne put s'empêcher de rire malgré la gravité de la situation.

— Cependant, reprit-il, je ne puis la laisser s'en aller ainsi, ce serait trop ridicule. Perdre tout

son bonheur pour une pareille raison! Je vais courir après elle, arrivera ce qui pourra.

Il allait effectivement courir après lady Holway quand la porte du salon se rouvrit et qu'elle parut de nouveau, rouge comme une cerise, sous un voile plus épais que jamais, toute confuse, mais riant aussi malgré elle.

— Venez, dit-elle, comme si rien ne s'était passé.

— Vous me pardonnez donc? demanda milord en rougissant involontairement.

— Oui, mais je vous en prie, ne parlons jamais de cela.

Les deux jeunes gens se prirent le bras et quittèrent l'appartement, se tenant à quatre pour ne pas éclater de rire tous les deux.

Quand lady Holway vit le domestique leur ouvrir la porte, elle cacha presque complètement sa tête dans le sein de son compagnon, tant elle était honteuse.

En effet, c'était du domestique qu'elle tenait la vérité; il était impossible que cet homme n'eût

pas envie de rire aussi, et qu'elle le regardât sans rougir.

Au moment où elle avait voulu s'en aller, jalouse, irritée, furieuse, elle avait rencontré le valet de chambre et lui avait offert cinquante louis s'il voulait lui dire ce que son maître était venu faire chez lui. Il fallait qu'elle aimât bien son amant pour questionner un domestique, elle, grande dame et Anglaise. Le valet de chambre, qui était Français et qui ne demandait pas mieux que de gagner cinquante louis, ne crut pas devoir refuser cette vérité, même à une Anglaise, et il la lui révéla le plus convenablement possible.

— Ainsi vous m'emmenez tout de même chez vous ? demanda milord d'une voix un peu railleuse quand ils furent près des voitures.

— Oui.

— Soyez franche, lui dit-il en route.

— Parlez.

— M'auriez-vous pardonné de vous avoir caché la vérité ?

— Peut-être.

— Et de vous l'avoir dite?

— Jamais.

— J'avais donc raison?

— Oui.

— Et vous m'aimez tout de même?

— Il le faut bien.

Les deux jeunes gens s'embrassèrent avec l'effusion qui convient aux réconciliations franches.

Le lendemain, lady Holway partit; elle revint au bout de trois mois, et nos deux héros s'aiment encore comme au premier jour. Seulement, quand milord demande maintenant à sa maîtresse la permission de s'absenter pendant dix minutes, elle ne tient plus à savoir où il va. Elle sait trop que, de la chose la plus naturelle, les pudeurs de l'éducation, et surtout de l'éducation anglaise, peuvent faire naître un cas de rupture.

Si vous m'avez compris, lecteur, j'ajouterai :

Allons, bon! voilà sept heures et demie qui

sonnent, mon gardien entre et me dit que je suis libre.

Que le diable l'emporte! Mais non, soyons franc, que Dieu le bénisse!

La prison a du bon; mais, décidément, la liberté vaut mieux.

1853.

CET OUVRAGE ILLUSTRÉ PAGE A PAGE

par

EUGÈNE COURBOIN

A ÉTÉ HÉLIOGRAVÉ SUR CUIVRE

par

TH. FILLON

ET TIRÉ EN TAILLE-DOUCE

Par la Maison LEMERCIER et Cie

IL A ÉTÉ COMPOSÉ

ET ACHEVÉ D'IMPRIMER SUR LES PRESSES TYPOGRAPHIQUES

DE L'ANCIENNE MAISON QUANTIN

(MAY & MOTTEROZ, Directeurs)

Le 25 octobre 1891

A PARIS

La direction artistique de cette publication a été entièrement conduite

Par M. OCTAVE UZANNE

www.ingramcontent.com/pod-product-compliance
Lightning Source LLC
LaVergne TN
LVHW012024220826
846092LV00001B/474

9782329755861